るん（笑）

西島伝法

JN030120

集英社文庫

目次

この作品はフィクションであり、実在の個人・団体・事件などとは、
一切関係ありません。

本書は、二〇二〇年十一月、集英社より刊行されました。

初出
三十八度通り　「群像」二〇一五年四月号
千羽びらき　「小説すばる」二〇一七年九月号
猫の舌と宇宙耳　「小説すばる」二〇二〇年一月号

るん（笑）

三十八度通り

三十八度だ。

何度となく目にしていたはずなのに、このとき唐突に体温計の小さな窪《くぼ》みの示す数字が腑《ふ》に落ちた。と錯覚した。どうやらずっと東経三十八度線をくだり続けていたらしい、と。米ソの分割占領ラインではなく、北極点から南極点へと至る縦の道。

ふた月ほど前からだった。布団にもぐって眠りに落ちたかと思うと、見知らぬ土地を踏みしめている。最初は睫毛《まつげ》が凍るほどの寒さに震えが止まらなかった。空気は目に見えない氷の撒菱《まきびし》を含み、息をするたびに喉や肺が痛んだ。自らの吐く蒸気めいた息で視界を遮られたまま、行き先も知らずに歩み続けた。なにかに追われているか急《せ》き立てられていて、足を止めることができないのだ。

刻々と感覚を失っていく足が長さの不揃《ふぞろ》いな竹馬のごとくふらつきだし、立っていられなくなって屈《かが》み込むと、布団の上で上体を起こしている。継ぎ目は感じられず、眠りの充足感もめざめた感慨もない。ひどい寒気がして足は痛痒《いたがゆ》く痺《しび》れ、ふくらはぎがそろばん玉の形につっぱっていた。真弓《まゆみ》が寝返りを打ってわたしの足を蹴った。その刺激の耐えがたさに唸《うな》りが漏れて、噎《む》せ返った。気管の粘膜が爛《ただ》れたように痛む。真弓の顔を見ると、貝殻の膨らみを思わせる瞼《まぶた》にうっすら瞳が浮き出て、見失ったわたしの姿でも探すように小刻みに行ったり来たりしていた。

細かく泡立つように痺れがおさまっていく。

再び真弓の方に振り向くと姿はなく、掛け布団が膨らんだまま竈《かまど》のような口を開いている。

眠りを、歩みを重ねるうちに極地を脱し、寒冷地を通り、石積みの素朴な家が並ぶ集落を抜け、いつしか飾り気のない東欧と思《おぼ》しき都市に紛れ込んでいた。石畳の道を辿《たど》るうちに、気候は暖かさを増し、都市には駱駝色《らくだいろ》の建物や、荘厳なモスクが目につくようになった。

わたしは一日置きの眠りの時間を、ひとつながりに延々と歩み続けてきたらしい。汗ばむほどの暑さだった。建物がまばらになり、遠のいていくにつれ、大地の土が乾いて砂利と砂にばらけだした。

全身から滴り落ちる汗が、エタノールさながらに蒸発する。

大波のうねりを思わせる砂丘が果てしなく連なる景色の中、わたしはひとり太陽に炙《あぶ》られていた。

この頃からだ。三十八度の微熱に悩まされるようになったのは。もう一カ月以上も続いている。眠る前には、大量の水を飲まなければ体がもたないほどだった。

勾配のある砂丘の数々を上り下りし続けるうちに、足が攣《つ》って動けなくなった。炎天下の砂漠に立ち尽くしたまま、日々足が砂に埋もれていくに任せるしかなかった。

国外へは一度も出たことがない。けれど、どの景色も真弓が持って帰ってくる旅行会社のパンフレットの写真とよく似ていた。いやそうだろうか。あとで写真を見て印象が上書きされたのかもしれない。今夜は何度となく現《うつつ》に引き戻された気がする。本当はすべてたった一度眠るうちに経験したのだろうか。

目の前に掲げたままの体温計が、指先から滑り落ちかけている。

その手を布団の上に投げた。飛び出した体温計が、藺草《いぐさ》の香りひとつしない畳の上を滑って襖《ふすま》の縁にあたり、黒鍵を思わせる陰気な音を立てた。

眦《まなじり》に鋭い痛みがあった。指で擦《こす》ると、涙が出て楽になる。砂粒でも紛れ込んだのだろう。

襖の向こうから、食器の鳴る甲高い音と水の跳ねる音が響いてきた。強弱の弾みをつけて眉間に食い込んでくる。

そうか、とわたしは思い至る。今夜幾度も砂漠から引き戻されたのは、この音のせいなのだ。そのたびに動悸《どうき》が激しくなったことを思い出し、静かにするよう真弓に訴えようとしたが、乾いた舌が上顎に貼りついていてうまく声にならない。

　喉が渇いて仕方なかった。喉元をさすっていると、柔らかく小さな突起に触れた。水《すい》疱《ほう》だろう。指先に涙のつぶの感触。爪があたったのか脆《もろ》く破れたのだ。

　窓の向こうから、高層階にはいるはずのない小鳥たちの囀《さえず》りが聞こえてくる。枝々の間を落ち着きなく行き来する様子が目に浮かぶ。

　わたしは両肩を上下に揺すった。腋《わき》の下で毬藻《まりも》が回転しているような異物感があった。汗で蒸れた毛が膨張したのだろうか。腕を大きく開いて腋を空気にさらしてみる。

　襖が開いていき、真弓が静かに和室に入ってきた。人との交わりを豊かにするチェック柄の寝間着姿だ。わたしのそばに片膝立てで座り、ふたりで結婚前に訪れた雑貨店で発展運が上がると勧められるままに買った背の高いグラスを宙に掲げた。中は透明な水で満たされ、グラスのあちこちに微小な泡が貼りついている。丁寧に磨かれた薄い爪の中にまで水が含まれているように見えた。

　湿った敷布団から上体を起こすと、みぞおちの下を汗が滑り落ちた。背中が空焚《からだ》きした鍋のごとく熱を放散しているのが自分でもわかる。

　グラスを手に取って口いっぱいに水を含むと、舌が潤って膨らみ上顎から離れた。口の中をぐるりとひと回りさせ、さらに水を一気に喉へ流し込む。こめかみあたりの粘ついた血液が流れだすようだった。真弓の丸みのある広い額の下で、細い眉がやわらぐ。

水が半ばまで減ったグラスを真弓に預け、パジャマのポケットの中から解熱剤の錠剤シートを引きずりだした。幸い二錠だけ残っていた。シートを押し曲げ、生海老《なまえび》の殻でも剝《む》くような音をたてて錠剤を掌《てのひら》に落とす。口に含もうとした瞬間、手が跳ね上がって錠剤が背後に弾《はじ》け飛んだ。真弓に下から手をはたかれたのだ。

「どうして自分の体を信じてあげないの！」真弓が声を張り上げ、「まさかそんなものに頼っていただなんて」と抑えた顫《ふる》え声で続け、目の下の膨らみをわずかに痙攣《けいれん》させた。グラスの中で、水が大きく波打っている。

不注意だった。これまではあれほど慎重に隠れて服用していたというのに。いや、それだけじゃない。わたしは二重に彼女の気持ちを無下にしてしまったらしい。どうして愈水《ゆすい》だと気づけなかったのだろう。夜中に何度も聞こえてきたのは、彼女がわたしのために一晩じゅうマドラーで水を掻《か》き回し続ける音だったのだ。わたしが体調を崩してから度々作ってくれた成分と同じなら、発熱に共鳴する天然イエロージャスミンの根をすりおろし、閼伽水《アクア》を注いで限りなく薄めながら果てしなく攪拌《かくはん》したものだ。愈水はもと心縁《しんえん》どうしの間で作り方の広まった免疫力を高める水で、いまでは多くの類似品が出回っている。手間のかかる様子に気兼ねして、市販のものではだめなのか、と口を滑らせ真弓を怒らせたことがあった。今はどんな企業にも信頼が置けないのはわかるけど、と続けてさらに煽《あお》ってしまい、自分が何もわかっていないことを思い知らされた。愈水はそもそもごく親しい人間が心から愛情を込めて作らない限り愈効の成分がうまく熟成しないのだ。真弓はこのところ、満月の光にさらして純度を高めた貴重な水を使ってくれているが、それでもわたしの体調が芳しくないので、今夜は普段の何倍もの時間を費やしてくれたのだろう。

「免疫力の……立場」右手のグラスを胸に押しつけ、左手の指で首の薄い皮膚を摘《つま》んでいる。「気持ち、なぜ考えてあげない」

「いや、僕だって一日や二日微熱が続くくらいならクスリなんかに」苦い唾を飲み込んで息継ぎをする。口の中が粘っこく、喋《しゃべ》る言葉がつたなくなる。「頼らないよ。言われたようにコーヒーエネマも続けてみたけど一向に好転しないし、かといって微熱程度で仕事を休むわけにはいかないじゃないか。それでなくても日当扱いなんだから」

ＡＢ型だから？

そんな呟《つぶや》きが聞こえたような気がした。

「えっ？」

真弓は口をつぐんだままだ。

「クスリに頼ったことは……悪かったよ」

グラスを受け取ろうとしたが、真弓はそのまま腕を引いてつかませない。再び受け取ろうとしたが、つかませない。

わたしは息を長々と吐き出し、頭で輪っかを描くようにふらつきながら立ち上がった。椎骨どうしの隙間にガムでも挟まっていそうな違和感があり、目眩《めまい》とも地震ともつかない揺れに全身を弄される。部屋が十八階にあるせいなのか、微熱で三半規管が狂ったせいなのかはわからない。足を踏みだそうとしたが足首がぐらついてよろけ、石膏《せっこう》ボードの壁に手をついた。

くさい芝居はいらない。

「えっ？」

聞き違えたかと錯覚させるほどの声で吐き捨てるのを真弓は得意としていた。

開いたままの襖から和室を出たときに、心縁になれないくらいだからな、とかすかな呟きが聞こえ、背筋がこわばった。痺れの残った足でゆっくり廊下を横切っていると、玄関の方から夜の雫《しずく》を思わせる黒猫のノチェがやってきてわたしの股下をすり抜ける。

キッチンに入るなり、足の裏に鏃《やじり》でも食い込んだような痛みを感じ、片足を上げてみた。ノチェがそのつま先に向かって前足を伸ばす。小さな砂粒が貼りついているだけだった。手で払い落としていたら、目眩がして姿勢が崩れ、食器棚に正面から倒れかかっていた。ガラス戸の中で一度も使われたことのない食器の積み山が騒々しい音をたてて明け方の静けさを破り、驚いたノチェが一瞬でいなくなる。

食器棚の上から天井までみっしり積み重ねられた箱の数々が不穏に揺れていた。どれも中にはミカエルという希少な果物の濃縮エキスを詰めた瓶が収まっており、いつか誰かに贈られて免疫力を高める日を待っている。床に並んだ白い乳酸菌水で満たされた二リットルのペットボトルのひとつが倒れた。

襖の向こうの真弓の様子を窺《うかが》うと、すでに布団の中に収まって背を向けていた。羽虫がいきなり視野に入ってきて手ではらう。彼女は二週間ほど前から突然貿易事務の仕事に行かなくなり、余時者《よじもの》になった。辞めたのか馘首《くび》になったのかすら教えてくれない。いまは心縁の繋《つな》がりを大切に育んでいるようだ。

土産物の招運マグネットが侘《わび》しげに散らばる冷蔵庫の扉を開け、吸い込まれるように頭を突っ込む。目の前には、アルミ箔《はく》で気を封じた発酵途中の豆乳ヨーグルトや黒酢にんにくや霊芝《れいし》の入った容器が並んでいた。肌を撫《な》でる冷気があまりに心地よく、自分はここから世に生まれ出たのではないかとすら思い、全身を折り畳んで中でまるまりたいという衝動に囚《とら》われていると、突然けたたましい電子音が鳴りだし舌打ちらしき音まで聞こえ慌てて浄水サーバーを取り出し扉を突いた。

体がとめどなく水分を欲していた。

水切り籠からグラスを取ってシンク台に置き、両手で浄水サーバーを傾けて閼伽水《アクア》を注ぐ。サーバーの透明容器の内側には、急須の蓋ほどある龍の鱗《うろこ》の中身が四枚ばかり貼りついており、色の濃い吸着面をわずかに波打たせていた。これら水神の一部分が、水道水から添加物を除去して邪気を祓《はら》い、閼伽水《アクア》に変えてくれる。

グラスの閼伽水《アクア》を一気に飲み干し、続けてもう一杯注いであおる。冷えていく食道や胃の腑に向かって体が脆く崩落していくようだった。このままソファに覆いかぶさって全体重を預けたかったが、後で起き上がるのがつらくなりそうだったので、キッチンカウンターに両肘を載せて体を支え、息を整えた。重い頭をぐるりと巡らせ、石膏並に凝った首筋を砕くようにほぐす。顔全体が腫れぼったい。

トイレに入るなり、真上から気配がする。慌ただしくトイレットペーパーを巻き取って水を流す音。いつ入ってもこの音が聞こえるのだった。いったい何人住んでいるのかと思うが、上は日頃からお世話になっている藤巻《ふじまき》さんの家で、奥さんとふたり住まいのはずだった。

居間の隣にあるウォークインクローゼットに入り、洋服ダンスからカッターシャツや黒光りするタキシードを出しては身にまとっていく。本来なら職場で着替えるのだが、今のように衰弱していると手間取って醜態をさらしかねない。黒らんちゅうみたいな形になってしまう蝶《ちょう》ネクタイを何度も結び直し、タキシードの裾を引っ張って目についた毛玉を取る。

鞄《かばん》を肩に掛け、ふらつく足取りで玄関まで来ると、以前は使うことのなかった壁の木製手すりを握る。革靴を履こうとするが、磁石の同極どうしのようにつま先が逸《そ》れてしまう。何度も試して、ようやく足を滑り込ませ、壁にもたれかかってしばし体を休ませる。シューズボックスの上の水槽が自然と目に留まる。浮き上がっていく微細な泡や青い光の筋が、スパンコールさながらに煌《きら》めく。真弓がなんの相談もなく飼育しはじめたもので、ほとんどがネオンテトラという魚らしい。溢《あふ》れ出さんばかりの群が互いの体を擦りあっており、こうして見ている間も分裂を繰り返して増え続けているのではないかと不安になるほどだった。よくは知らないが、水槽の大きさに比して魚の数が多すぎるのではないか。

玄関を出て扉に向き直ると、把手《とって》に〈前園《まえぞの》酒店〉のロゴの入ったビニール袋がかけられていた。把手からぴんと張った袋の底は、ジャガイモでも詰めたように膨れている。龍の贄《にえ》だった。今日がうちの贄日だったらしい。腕時計を見れば、六時十分。始まりから十分過ぎていた。

袋を手に取って共用廊下を歩きだす。ずっしりと重く、体が右に傾き背中の筋がつっぱる。

廊下の天井パネルには罅割《ひびわ》れや穴が多いし、床のノンスリップシートは破れた箇所が目立つ。我が家の隣も、その隣も空き部屋だった。このフロアに住んでいるのはわたしたち夫婦だけなのだ。直ちに改修するよう自治体から指導されているが、居住者の数もそれぞれの収入も少なすぎて予算が集まらない。どこのマンションも似たような有様らしく、このところ自壊する建物の話もよく耳にする。

どこからか爪を切る鮮やかな音が聞こえ、余韻が尾を引いた。足の指の爪だろうか。これまでにもよくあり、幻聴かと思って真弓に話すと、地縛霊が爪の手入れをしているのだという。また、爪切りの音。確かに、爪は死んだ後にも伸びると聞いたことがある。

エレベーターは運良く下りてくるところだった。扉が開くと藤巻さんが立っていて、朝の挨拶を交わす。祖父と同じ年齢とは思えないほど若々しい。祖父は万能食のミカエルを決して口にしないからだろう。

藤巻さんの人差し指は〈開く〉ボタンを押したまま反り返り、鉤形《かぎがた》に曲がった中指からは〈シューズシューズ〉のロゴの目立つ贅入り手提げ袋がぶらさがっていた。

「ずいぶんキリッとした格好をして、どなたか……ああ、土屋《つちや》さんは式場にお勤めでしたな」

「はい。今朝は贅日ということを忘れていて……」

「慌てなくても大丈夫ですよ。龍の時はゆったり流れているといいます。のんびりいきましょう」

藤巻さんの人差し指はボタンから離れず、ビニール袋の持ち手の食い込んだ中指の先が膨らんでいる。

「南の方へ旅行でも行かれましたか」

「えっ？」

「よい感じに日焼けなさっているので」

「いえ、あの、少し熱っぽいだけなんです」

「ほぉ、火膨れができるほど肌が焼けるものですか。そういえば先日お会いしたときもおつらそうでしたな。ミカエルは摂《と》っておられるというのに。何度あるのです」

　中指の先が葡萄色《ぶどういろ》になってきた。

「三十八度です。長引いてまして。あの、指――」

「サンパチですか。そりゃあいけません。ほんの微熱とはいえ、霊障は長引くとつらいですよ。元素ではストロンチウム。炎の赤色です。土屋さん、星座は確か――」

「牡羊座《おひつじざ》です」

「やはり。火のエレメントですよ。衣服も化繊は避けた方がいいでしょうな。あれは火の気が強い。ご先祖に、火に関する業をお持ちの方はいらっしゃいませんか」

　思い出そうとしながらも、壊死《えし》しそうな指先から目が離せなかった。

「せめてお墓参りにはいかれた方が」

「そういえば長らく参っていませんでした。いつもご助言ありがとうございます」

　ようやく藤巻さんが手を下ろし、扉が閉まってエレベーターが下がりだした。

「憑《つ》かれやすくなっているのでしょう。お気をつけなさい。行きつけの祠《ほこら》などがあるといいんだが」

三つ下の階では、サイズの大きすぎる赤いジャージを着て、高い頬の下にマスクをした痩せた女が入ってきた。っそすぎる、と息の音だけで言う。確か馬奈木《まなき》さんだ。真弓がいま心縁の間柄になろうとしているが、贈り物のミカエルを受け取ってもらえないと嘆いていた。その後にクリームサンドのビスケットを握りしめた小学校の三年生くらいの男の子が続く。「ミカエルはミラクルー、ミカエルミラクル、ミカエルクルッ、わだかまりだって無くせるぅ、奇跡のくだものー」と唾液を啜《すす》りながら歌い、馬奈木さんが頭をはたいてやめさせる。

わたしは後ろの壁にもたれかかり、ゆっくりと呼吸を繰り返した。

子供がわたしを横目に、はあ、はあ、と真似《まね》してみせた後、ビスケットを二枚に剝がして大きく口を開けた。そこには泡混じりの唾液の溜《た》まった歯茎だけがある。上の歯茎をクリームの面にあてがい、掻き取ろうとする。

馬奈木さんが、電気コードの中の銅線を思わせるぱさついた茶髪を無造作に束ねなおしながら、おまえ、このやろう、なんで入れ歯してこなかったんだ、と囁《ささや》き声で叱った。最近は歯の生え変わらない子供が多いというが、この子もそうなのだろう。

エレベーターが唐突に止まって大きく揺れ、皆が息を吞《の》んだ。このところ調子が悪かったが、とうとう壊れたのだろうか。そう思っているとまた動きだしてすぐに止まり、扉が開いた。ふくよかな体に厚手のショールをかけた、肌艶のよい初老の女が入ってくる。この付近の心縁を取りまとめている親切な武田《たけだ》さんだ。「まあ藤巻さん、贇日なのね」と優しく微笑《ほほえ》む。唇の左横と右下にはホクロがあった。

「おや武田さん、どうも」

馬奈木さんは壁の合わせ目を見つめている。わたしは頭を下げたが、武田さんには見えなかったらしい。階数表示を見据えながら、紫がかったふわりとした髪の毛を手ぐしで整えている。真弓によると、どんな健康の相談にも親身に乗ってくれるらしい。愈水の作り方も教わったそうだし、家にあるミカエルの濃縮エキスも、すべて武田さんからの贈り物だ。

「そろそろ」と武田さんが口を開くなり、

「いやまだ足りとるので、お気遣いなく」と、藤巻さんは断る。

「遠慮なさらないで。それに、わたしの計算とちょっと合わない。ひょっとして、食が細くなってらっしゃるんじゃないかしら。それならもうすぐ出るご飯粒形の食べやすいタイプがいいと思う。ぜひお贈りさせていただきますね」

エレベーターが一階に着いて、馬奈木さんがボタンを押す。その指の黒いマニキュアはおおかた剝がれている。

「じゃあ、困ったことがあれば、なんでも仰《おつしや》ってくださいね、おさきにい」

武田さんは軽く一礼して足早に出ていった。わたしたちがエントランスホールを歩きだした時には、もう右側の自動ドアをくぐっている。片側しか開かないのは風水的な理由らしい。

「なにしろ年金暮らしの几帳面《きちょうめん》なA型なものでね、お返しを包む余裕がないんだ」並んで歩きながら藤巻さんが言う。「わたしはパスポートまでは手に入れられんでしょうなあ」

その寂しげな言葉に、旅立った父の姿がよぎる。

武田さんはもうマンションの前でタクシーに乗り込んでいた。

「うちも妻が武田さんにいつも譲ってもらっているみたいです」

真弓によれば、お返しには一瓶につき一万円ほど包むのが礼儀だそうだ。

「まあ、愈水と違って、さすがに個人で作ることはできませんからな」

不意に、昔は藤巻さんの方が武田さんに贈る側だったという噂話《うわさばなし》を思い出した。

自動ドアから出ると、少し肌寒い。

マンション前には、車輪梅《しゃりんばい》の生垣に縁取られた四車線の道路が通っている。龍の巨体が横たわっているのはその向こう側だ。横断歩道の前で立ち止まる。車は走ってないが、他人と一緒だと律儀に信号を守ってしまう。

「砂霧《すなぎり》もないし、よい天気だね」

るようだった。

相槌《あいづち》が苦しげになってしまう。朝の太陽の鋭い光条に、目の奥の神経を掻爬《そうは》されてい

吹きつける風は冷たく、乾いている。頭上では、梵字《ぼんじ》の御札《おふだ》が揺れていた。白い封印布で巻かれた電線のあちこちから吊《つ》るされているのだ。

信号は赤のままだったが、馬奈木さんが横断歩道の白帯の縁の上を歩きだした。子供は横の帯を片足で跳ねて進む。つられてわたしたちも歩きだし、信号は青になった。

前に足を運ぶだけで息があがった。贄の袋をもう片方に持ちかえる。

「だいじょうぶですか、土屋さん。酔っ払ってるみたいな足取りですよ」

はあ。なんとか、と声を絞り出す。

背後でなにかの崩れ落ちる音がした。振り返らずとも、マンションの壁材の一部だとわかる。

歩道沿いに張り巡らされた金網に、まばらだが途方もなく長い人垣ができていた。年齢も性別も服装もまちまちだが、誰もが一様に手提げ袋からスティックパンに似た棒状の贄をつかみ出し、金網越しに放り投げては、片目を瞑《つむ》って合掌する。

紙縒《こより》や絵馬が所狭しと吊るされた金網のすぐ下からは、コンクリートパネルに覆われた急勾配の土手がくだり、その底に胴体の幅三十メートル、尾の先までの全長は十五キロメートルに及ぶという途方もなく長大な龍が伏して、日の光を鱗状に跳ね返していた。

絶えず流れ続ける胴体をなす水を透かして、長い藻をなびかせた牡蠣殻《かきがら》状のものが夥《おびただ》しいほどへばりついているのが見える。かつて不信心のため喪《うしな》われた龍の鱗が、近年の贄撒《にえま》きの試みで蘇《よみがえ》りつつあるのだ。浄水サーバーに使われているのも、龍から賜《たまわ》った鱗の中身だった。

投げられた贄が龍の体に落ちるたびに、細かな煌めきが螺旋《らせん》を描く。共生する小魚たちが群がっているのだ。

不意に誰かに足を踏まれ、「うかつでした。すみません」と無意識に声が出る。

「こちらこそ——あら、土屋さん。藤巻さんもご一緒。なんだか嬉《うれ》しい」

岡林《おかばやし》さんが笑みを浮かべていた。唇の左横と右下にホクロがあるのに気づく。その隣には顔面を黒いサンバイザーで覆った、子供のような背丈の人が立っている。

「あたしは別に贄日じゃないんだけどさ」

あくびを嚙《か》み殺しながら気怠《けだる》げに言う。その高く掠《かす》れた声で谷口《たにぐち》さんだとわかる。ふたりとも五十歳前後で、わたしと同じマンションに住んでいる。

岡林さんの口元が不意に下がった。真顔でわたしの左肩の上を見つめ、デニム地のロングスカートを軽く握る。気になって振り返ろうとしながら、岡林さんの暗い表情から目を離せない。どのみちわたしには霊視などできないのだが。

「なにか……」

「ううん。なにもない」と困ったように岡林さんが言い、「まあ、仕方ないから。気にしない気にしない」と谷口さんが話を切り上げる。仕方ないから。その言葉が気になってサンバイザーを見つめていると、

「日焼け防止かって？　ちがうちがう。盗聴防止の方」

「思考盗聴、ありますか」

「あたしあんまり細かいこと気にしないたちなんだけどさ、さすがに頭の中を覗《のぞ》かれることが増えると、ほら、ちょっとね」

「幸い体の中に盗聴器は見つからなかったのよね」と岡林さんが言い添える。

「そう。じかに視《み》てもらったからそれは大丈夫。あ、もちろんレントゲンなんかじゃないわよ。あんな恐ろしげなもの。隣町に手かざしで視る人がいんのよ。親切な武田さんのご友人の叔父様なんだけどね」

「だからとりあえずね、かぶっとくのよね」

「そう、あんたのみたいなウィッグだと隙間が不安だもん。これなら脳波の漏れやすい眼球もカバーされるし、電磁波からの影響も防ぐことができるってわけ。最近はいつだって誰かに操られかねないんだし」

　ふたりのお喋りを聞くともなく金網沿いを眺めていくと、他にも谷口さんと似通った格好の人がいくらかいた。マスクをしてニット帽をかぶっている人も多い。

「でも、それだけ防いでいても、欲しい服や家電を宣伝するDMが送られてくるんでしょう？」

「そう、ほんと気味が悪くて。あっ、岡林さん、今度親しい心縁の方々だけで、保坂《ほさか》先生のところであれを、あれよあれ、ええと……」

「ホクロの星座占い！　でしょ？　いくいく」

はしゃぐふたりの横で、藤巻さんが贄を投げている。わたしも袋の中に手を突っ込み、龍の贄を一本引っぱり出した。乾いた表面が甲羅状に割れており、指がわずかにめり込む。しっかり握って金網の向こうへ放り投げる。贄がゆっくり回転しながら落ちていく。これだけで体にこたえる。

「さっき馬奈木さんとすれ違ったんだけどさ、どこまでも無愛想で、変わりもんだわ。絶対B型だね」と谷口さんが言い、「絶対そう。きっと母乳で育てられなかったんだよ。やっぱり大学院とか出てるとね、あれよね。肝心なところが」と岡林さんがなぜか興奮して声を上擦らせる。

「そういや、あんた、旦那さんのご容態は？」藤巻さんが谷口さんに訊《たず》ねる。

「かわりないですよ。あれだけ牛乳は飲むなって言ってるのに、まだやめない。家畜の仔《こ》が飲むためのものを、人間が飲むだなんてぞっとするでしょ」

「それは……よくありませんな」

「ほんとね、自然の摂理に反している」

谷口さんの旦那さんは、牛乳の飲みすぎで乳白眼《にゆうはくがん》になってから、外にはあまり出てこなくなった。

「このあいだなんて、あたしに隠れて肉を焼いて食べてたのよ。しかも未除霊のを」

「信じられない、安楽のでもないんでしょう？　動物の恐怖が残留したままじゃない」

「ほんとばか。においでわかるっていうの」

わたしは再び贄を投げた。金網を越えたあたりで脆く二つに割れ、一方が土手に貼りついてしまい、近くにいた見知らぬ人たちが失望の呻《うめ》き声を漏らした。その声がしだいに重なりあい、よりいっそう大きく騒々しいほどになって、わたしに向けられたものではないとわかった。

「なんなのあれ」

谷口さんがサンバイザーを上げた。色素の薄いその肌にも、薄い唇の横と下にホクロがあった。

龍の尾の方へ十歩ほどの歩道に、大きな人だかりができていた。その足元には、車輪梅の固い葉が散らばっている。

「おまえたち、やめないか！」ざわめきの波間から怒声が跳ね上がる。「やめろと言ってるだろうが」唾の飛沫《ひまつ》が見えるようだった。

「えらく騒がしいですな」と藤巻さん。

「――ただちにやめるんだ！　そんな愚かな行いは」人だかりの隙間から、襟首をつかまれながら怒鳴っている男の姿が垣間《かいまみ》見える。「川を汚すことにしかならんと何度も――「尊い水神をそんな三本の檻《おり》に押しこむもんじゃない「まえの体だって八割は水で「即物野郎。龍にはみんなの祈りが転写してるんだ「あれ、お仲間は逃げたようだぜ「ちきしょう――えたちのゴミのせいなん――水質を――牡蠣もどきがこんなっ、く、異常繁殖して」贄の袋がぶつかり合い、金網のたわむ音が響く。「なんか落ちたぜ「うわっタバコ《ママのおっぱい》じゃないか「やめろっ「さっきからクサイと思っ「きもっ、こいつ乳離れしてないのか「体に染みついとるんだな「はなせっ、くそっ」葉がざわめき、指の関節をいっせいに鳴らしたような鈍い音が弾ける。「清浄な空気を穢《けが》すなんて「返せ、離せっ――氾濫が増えているのもこの活動のせいだと――わからんのか！」眼鏡が斜めになって外れかけている。声の印象とは違って神経質そうな風貌だ。なにか武器でも持っているのか、腕を押さえられている。「間違ってるんだ、こんなの。科学的におかしいのが――」

「でたっ、科学的に」誰かが言い、どっと笑い声があがった。

「まだいるんですなあ」藤巻さんが物思わしげに呟く。「龍を封じる三本の檻を取り除こうと、わずかな心縁たちだけで駆けずり回っていた頃を思い出しますな。ああいう輩《やから》ばかりで難儀したもんだが、かえって懐かしい」

「心縁なんて言葉はまだなかったじゃない。互いに代理店《ミカエラー》とか呼び合っていて……ああ思い出してきた、乱暴な連中はなぜか金星人が多かったんだよ。でも懐かしがるのはまだ早いかな。龍はまだコンクリートの拘束服で抑えこまれたままなんだし」

「ああ、そうですなあ」

「きっと、くるしいよね、つらいよね」

「うん。末永く続けていかないと——まだがなってる。うるっさいねえほんと。乳離れもできないくせに、よくもまあ自分の主張に自信を持てるもんだわ」

谷口さんは呆《あき》れた口調で言うと、サンバイザーを下ろした。

「たぶん余時者ね。時間が余りすぎるとろくなことを考えない」岡林さんが顔を左右に振る。「鳩《はと》や鼠《ねずみ》の餌やりに苦情を言う人たちとおんなじ」

「彼らのことは、憐《あわ》れんでやりましょう。それらの小動物が、かつての、これからの自分かもしれんということを感じ取れんわけですよ。いまみたいに大きな戦争も災害もない平和で安全な世の中があたりまえになると、輪廻《りんね》を捉える器官が麻痺《まひ》してしまうんですな」

「高次元に旅立つならともかく。平和すぎるのも問題ねえ」

「輪廻の麻痺って脳の蟠《わだかま》りのせいだとも言うじゃない。携帯電話の使いすぎなんだよ。

親切な武田さんも仰ってたけど、ほんとは一日に三分話すのも危ないんだって。まあ、小さな電子レンジだもんね。裏に御札やバッジを貼っていても十分がせいいっぱい」

「でもわたし、ふと自分の頭にも蟠りが出来てるんじゃないかって、不安になることがあって」岡林さんはみぞおちあたりを手で押さえて、声をひそめた。「十六歳になる前から、昼夜何時間となく使っていたから……」

「あたしらの若い頃には年齢制限なんてなかったものね。そりゃ使いまくってたわよ。仕方ないない」

「いまじゃ、そのときの相手が誰だったのか、なにを話したのかすら覚えていないっていうのに」

「心配なら視てもらえばいいのよ、あたしみたいに」

「そういえば、わたしの娘婿も以前に蟠りを心配して視てもらってましたな。幸いまだ芽が出た程度で、その場で霊的に取り除いてもらえたそうですが」

ふたりの警察官が自転車を漕《こ》いでやってきた。どちらも自転車を車輪梅の生垣に横づけ、おっくうそうにサドルから降りると、歩道の人だかりに割って入った。片方の警官が両手を開いて人々を離れさせ、その向こうでもうひとりの警官が声を張り上げている男の前に立ち、警棒を勢いよくその頭頂部めがけて振り下ろした。太鼓でも叩《たた》くように、二度、三度、四度、五度。男の体が頽《くずお》れる。

人だかりを抑えている警官に、誰かが声をかける。

おまわりさんも投げます？

いいねぇ。

警官が龍の贄を警棒のごとく握り、肩の後ろに回してから思い切り放り投げた。贄は見事な放物線を描いて落ちていき、龍の胴に音もなく吸い込まれた。その合図を待っていたかのように、騒ぎで手を止めていた人々が次々と贄を投げはじめた。ミカエルの甘い香りと魚の生臭さの入り混じったにおいがあたりに漂いはじめる。

わたしもまた投げてみたが、まるで力が入らず、贄は金網にぶつかってばらけてしまった。

「おいおい、気をつけろよ。かかっただろうが」近くで合掌していた男が、背広の裾を大げさにはらう。

「うかつでした、すみません」

頭を下げようとしたところで贄の滓《かす》で足が滑って前につんのめり、肩から金網にぶつかった。肝臓や心臓の形をした絵馬が揺れて打ちあう。そのままずり落ちて中腰になり、息があがって妙な呻きが出る。わたしも絵馬を掛けてみようか、と思いつく。でも微熱には形がないし、そんなことより眠りたい。

「なんだよこいつ、ふざけてるの？」

「まあまあ」藤巻さんがわたしに近づいて肩をつかみ、引っ張り起こしてくれた。「熱っぽいんだよこのひと。許してあげてくださいな」

自己管理しろよ、と男は吐き捨てて去っていき、どうりで、といった感じで岡林さんがわたしの肩になにかを視る。

わたしは金網の近くから贄を投げることにした。何度か土手に落としながらも、残りの贄のすべてを龍に捧《ささ》げ終わった。泳ぎきったように困憊《こんぱい》しながら片目を閉じて合掌する。眠りに落ちそうだった。心の繋がりが、心縁の網の目がどこまでも際限なく広がっていく様子が目に浮かんできて、「血縁の絆《きずな》は弱まっていく一方だというように」という祖父の口癖が耳元に蘇った。心縁の考え方の元になっているのは、知り合いを六人介せばどんな人とも繋がり合えるという〈六次の隔たり〉説で、実際にどれほど高名な先生とのの対面セッションも、望めば実現するらしい。伝聞ばかりで情報に疎いのは、わたしのようなAB型は、心がふたつあるとかで誰とも心縁を結べないからだ。だけどこの人たちは心縁の間柄のように優しく接してくれる。感謝の念が湧いてくる。

両手を離すと、指や掌が味噌《みそ》に似たねばつく汚れにまみれているのに気づく。ポケットティッシュで拭い、一見すると綺麗《きれい》になったが、指紋の溝や爪の隙間には残り続けた。いつも通り生命線が自慢できるほど長いことを確認して、気を落ち着かせる。これから一日の仕事が始まるのだとはとても信じられなかった。

藤巻さんたちと別れたわたしは、横断歩道を渡って歩道を進んだ。切迫しながら。急がなければ朝のうちにいなくなってしまう。

耳は綿でも詰まったように遠く、目に見える景色は霞《かすみ》がかったようにぼやけ、肌に触れる空気は余所《よそ》よそしかった。アスファルトは継《つ》ぎ接《は》ぎだらけで、そのわずかな段差に何度もつまずく。

突風が吹いて、街路樹からたくさんの葉が一斉に舞い落ち、わたしも煽られてよろけた。だが葉に見えたのは雀《すずめ》で、どれも地面を小刻みに跳ねている。わたしは吹いてもいない風によろけたのかもしれなかった。どこからか耳鳴りめいた赤ん坊の泣き声が聞こえてくる。

歩道を左に折れ、打ちっ放しの壁に〈乳児専門整体〉〈ゼロ歳から始める矯正〉〈治します。頭のゆがみは心のゆがみ〉などの看板が並ぶ路地を抜けていく。

右に曲がってスーパーマーケットの横の路地に入っていくと、鉄柵越しに、薄汚れた白布に覆われた物置ほどもある立方体が見えてきた。高圧受電設備だろう。天辺《てっぺん》の四隅に円錐形《えんすいけい》の塩が高く盛られている。その裏手にある日の当たらない路地に回り込む。高いブロック塀が遠くまで続いており、手前に刺繍《ししゅう》入りのベストを着てニット帽を目深《まぶか》にかぶった痩せた男がもたれていた。

緊張しながら歩み寄って声をかける。

「ヤクならあっちだぜ」と左の方を指さす男とわたしの間に、紺色のスーツを着た長身で細身の女がペーパーナイフの鋭さで割り込んできた。開運系香水の、牡牛座独特のにおいがきつい。「セッタなら五千円」と男は女に口を開かせずに告げた。

ふたりから離れ、〈魂のチューニング〉〈開運〉などの看板が掛けられたブロック塀に手をあてがいながら歩いていく。腰の高さに蝸牛《かたつむり》が二匹へばりついていた。壁際に棄《す》てられた大型薄型テレビの暗い画面の前を幾つも通り過ぎていく。塀が途切れるあたりの〈椎間板ヘルニア治ります〉という看板の下に、紺色の野球帽をかぶって皺《しわ》の寄ったコートに身を包んだ男が、両膝を広げて腰を落としていた。

男がこちらを見上げた。その目は帽子の鍔《つば》に隠れている。

「おれをなんだと思ってるんだ」

緊張で背筋がこわばる。ヤクザイシではないのだろうか。まさか警察の囮《おとり》捜査《そうさ》――

「そう見えるのか。えらく顔が焼けちまって。ずいぶん砂漠を歩かされたってわけだ。そりゃあ熱も出て、クスリに頼らざるをえなくなる。四枚なら一万でいい」

驚いてなにも言えないでいると、男は続けた。

「人目を忍んで病院に行ったたって、何日も順番を待たされたあげく保険調査員に口出しされて貰《もら》い損ねるか、価格が数倍以上する同じ薬を処方されることになるんだぜ。記録にゃ残るし、この世の業だって増すだろう。おい、どうするんだ。早くしろよ。欲しいんだろうが。冷ましてくれるものをよ、欲しいんだろうが？」

　混乱しつつ、言われるがままに財布から一万円を取り出す。わたしは男になにか伝えたのだろうか。覚えていない。どうして熱のことを、砂漠のことを知っているのだろう。脳波を読み取られたのだろうか。それともなにか別の意味をこめた符号なのか——朦朧《もうろう》としすぎていた。差し出した一万円が、いつの間にか錠剤シートの束に変わっている。一瞬だけ眠ってしまったのかもしれなかった。

「まだなにか？　一旦シートになったもんは万札にゃ戻らねえよ。とっとと失《う》せな」

　錠剤シートをポケットに突っ込んでスーパーマーケットに向かって歩いていく。この店は顔の見えない商品ばかりだと言って、真弓はめったに立ち寄らない。まだ開店時間よりずいぶん早いが、店舗の前に飲み物の自動販売機くらいはあるだろう。駐車場から入って行くと、途中まで開いたシャッターの横の壁に二台並んでいた。だが遠目にもケースにはサンプルがなく、硬貨投入口や商品の取り出し口が塞がれているとわかる。路地に戻って先に進むと、またひとつ自動販売機があったが、注連縄《しめなわ》を巻かれ停止していた。気の流れを塞いでいたか、コンプレッサーの低周波騒音の苦情があったのだろう。最近は使えるものの方が少ない。

　仕方ない。上を向いて口を開き、錠剤を落とした——が、舌に貼りついて苦味が滲《にじ》み広がりだす。舌を振り動かして喉の奥に送ったが、途中でつっかえて何度も唾を飲み込んだ。気分が悪くなって立っていられなくなり、よろめき歩いて住宅の塀の前に置かれていた大型薄型テレビに両手でつかまって、ぶら下がるようにしてアスファルトの上にしゃがみ込む。息を整えるうちに、視界の端に蟻《あり》が現れ、しばらく歩きまわって見えなくなる。顔じゅうに吹き出た脂汗が冷えてくる。そよ風が吹いている。空気が近い。

「欲しいなら、持ってってもいいよ」

顔を上げると、壮年の男が塀の門を開いた格好で立っていた。

「壊れたわけじゃないんだ。心縁に入りたいからでもない。もう見ないなと思ってね。こないだの、ほら、海外派遣の映像もCGくさくて見てられなかったよ。このチャンネルはフィクションであり、実在する人物云々《うんぬん》と断っておくべきなんだ。でしょう?」

「あ、いえ、ちがうんです、すみません」

わたしは顔面の汗を手で拭って立ち上がり、歩きだした。体がふらつくたびに、内臓が渦を巻くように感じられて吐き気がする。錠剤は胃の中で溶けはじめているのだろうが、喉元に留《とど》まっている感じが消えなかった。

改札を出て、駅前のロータリーを抜けて国道を西に歩いていくと、厚塗りの塗装程度ではごまかしきれないほど老朽化した慶賀閣《けいがかく》の建物が現れる。

吹き抜けのエントランスに吊り下がる巨大シャンデリアの煌めきはどこか侘しい。静かだった。田舎の保養施設を思わせる左手の待合コーナーにも、右手の喫茶コーナーにも、まだお客さんの姿はない。

フロアの突き当りにある配膳用エレベーターに向かって歩いていると、背後から支配人に呼び止められた。わたしの腕を両手でつかんで「いいから」と囁き、ベルベットのカーテンで仕切られた廊下へ連れ込む。薄暗い廊下の片側には、七段重ねの模造ケーキや、赤い布張りの椅子がうずたかく重ね置かれていた。

背が低いせいで、薄くなった灰色の髪を櫛《くし》と整髪剤で撫でつけたシジミの貝殻みたいな頭が目立つが、角ばった顔を上げ、下睫毛の長い大きな目や尖《とが》った鼻が現れると、頭痛をこらえるミミズクに似ていた。

「土屋くん、君、そろそろどうなんだね」

支配人が水晶玉のブレスレットを爪繰りながら言う。

「まだよくないんです。微熱ですが、なかなか引かなくて……」

「まだそんなことを。気の持ちようだと言ったろう。色んな身長の人がいるんだから、色んな体温があったっていい。それに、定期健診は受けとるんだろう？」

年に一度、鈴原《すずはら》先生が前世を視てくださっている。わたしの前世は主君に忠実な足軽で、大病を患うこともなく天寿を全うしたという。

「そんなことより問題なのは、とめどなく下がり続けるこの国の出生率と婚姻率だ。わかるか。その傷口に塩を塗りこむように、結婚披露宴に大盤振る舞いするという我が国の大切な伝統が薄れつつある」

最近の朝礼と大差ない内容だった。

「君がここで結婚式を挙げてから、もう四年になるだろう。奥さんとはどうだ」

「まあ、その……」

「そろそろ倦怠期《けんたいき》じゃないのかね」

「そういうものですか」

「どうだろう。いっそ、開き直ってここで離婚式をするというのは。いやなに心配はいらん。うちの夫婦のように一旦離婚式をして、頭が冷えた頃合いに再婚式を挙げればいいんだから。いわゆる宣《の》り直しだ。おかげ様で今はとてもいい関係を保つことができている。リピーター用のお得な割引もあるんだ。お互いを見つめなおす期間の大切さは誰もがわかっているのに、誰もが手に入れられるわけじゃない。なかった。これは、そのきっかけになる、とわたしは信じている。人生は一度きりじゃない、やり直すことができるんだということを、伝えていきたい。よりよい人生のために、一生に何度も式を挙げることを定着させていきたい。いまは平和でなんの悩みもない良い時代だが、時には過日のように災害や戦争の最中《さなか》にあるなどというひどいデマゴギーで魂の平穏が乱されることもある——」

呼吸が浅くなるにつれ、瞼が重くなって肌が火照ってくる。膝下を圧する砂の熱を感じながら、わたしは神妙に拝聴している振りをする。

「身近な者の信頼が、心縁が、どれだけ大切なのかは君も身に沁《し》みているだろうと思う。高木《たかぎ》くんや増元《ますもと》さんだってそうした。来月には迫水《さこみず》くん自身の結婚披露宴もある。もちろん離婚を更なる転機、いや好機にするかどうかは君次第。思いがけない新たな相手と——」

耳元に砂まじりの風音が増していき、支配人の声は遠のいていった。そうです。はい。ええ。わかります——ときおり適度に相槌を打ってみる。急に目が痛くなった。砂が入ったらしい。瞬《まばた》きをすると、ホクロの多すぎる汗ばんだ顔が、息のかかるほど間近からわたしの目を覗きこんでいた。ロータスの香りが鼻をかすめる。

「土屋くん、どうしてこんな椅子の墓場で突っ立ってんの。あそこでもしゃぶられてるみたいに目を瞑って」

仲居長の重元《しげもと》さんだ。朱色の分厚い唇から兎《うさぎ》っぽく覗く前歯の左側が、閉めそこなったサムターンのツマミみたいに二十度ばかり外向きに捻《ね》じれている。直線的な眉は、いつもやけにくっきりしていると思っていたが、刺青《いれずみ》なのかもしれない。たじろいでそれとなく後ずさる。藤色の着物が肌と馴染《なじ》みすぎていて、生地を引っ張れば甲皮のように音を立てて剝がれ、体液が溢れ出しそうだった。

「支配人の話を聞いていたはずなんですが……熱っぽいせいか憑かれてしまって」

「あの人、蛇が憑いてるせいか話が長いものね。ぼーっとしてくるもの。でも心縁の間にも多いんだよ最近そういう症状を訴える人」そういえば仲居長は、この界隈《かいわい》の心縁の世話役なのだという。「三尾《みつお》さんによると、銀河が整列して次元上昇《アセンション》が起きつつあるっていうから、しばらくは仕方ないのかもしれないけどさ。ひと月ってやけに早く過ぎ去っていくでしょう。あれもそうらしくてあっ」

カーテンが開いていた。黒々としたショートヘアに艶のある色白の顔が覗いている。司会の広瀬《ひろせ》さんだ。

「そうだよ、広瀬さんがあんたを探してるって言いに来たのに」

笑いだした仲居長に頭を軽く下げて、広瀬さんが入ってきた。直線的なグレーのジャケットと大きな臀部《でんぶ》を押し包んだ黒のタイトスカート姿で、背筋は気持ち良いくらい真《ま》っ直《す》ぐに伸びている。

「じゃあおふたり、あとで若竹で」仲居長は笑い憑かれたような溜息《ためいき》をなびかせながら出て行った。

「渡しておきたいものがあって」広瀬さんはショルダーバッグを探って青みがかった透明な石を繋げたブレスレットを取り出し、土屋くんの分、と手渡してくれた。「このふたつの念珠ブレスレットはね」と招き猫のように左手首を上げて同じブレスレットを見せる。「単に運気を上げるだけのものじゃない。それぞれにひとつずつある指導石は量子的に阿吽《あうん》の関係にあって、身につけたふたりの波長をチューニングしてくれる。だから……」

わたしは申し訳ない気持ちになった。三年前から、広瀬さんが司会の披露宴ではいつもわたしがミキサーを担当している。鈴原先生によると、星座や干支や血液型などあらゆる要素から相性が良いのだそうだ。けれどこの何回かは、わたしの体調のせいで以前のようには息が合わなくなっていた。

「ありがとうございます。ご一緒するときは必ず身につけます。でも、これ……」

「見かけほど高くないから、気にしないの。あと、月のボイドタイムには逆効果になるそうだから」

「わかりました、気をつけます」わたしは左手にブレスレットを通して、少し回してみた。石のなめらかさが気持ちいい。

「それにしても土屋くん、今日はひときわ体調が悪そう。広瀬さんもね、このところ微熱っぽくって憑かれ気味。仕事の依頼を取るのが楽じゃないせいか、体内公害がひどくって。胃腸を休めようとスムージーだけのプチ断食をしているもんだから、いささか体力が不足気味。やっぱり女の三十代ってずっと厄年なんだなあって。あっ、広瀬さんがまだ三十代ってことに驚いてる？　どのみちおばあちゃまよ。もう厄落としのために切る髪の毛もない……あれっ、暗いせいかな、土屋くん日焼けした？　火膨れまであるじゃない。痛いでしょう、ちょっとまってね」とショルダーバッグから丸い容器を取り出して開け、象牙色の軟膏《なんこう》を指にすくってわたしの顔や首筋に塗りだした。雨粒がポッポツと顔にかかるようで、冷やりとして心地いい。「これ、職人が断食を重ねて手練りしたものらしくって、フラーレン形のヒマラヤ水晶の粉も入っているからよく効くのよー。肌むくんでるね。リンパマッサージしてあげたいところだけどもうこんな時間、広瀬さん手を洗ってこなきゃ」

機敏な大股の歩みで広瀬さんはカーテンをすり抜けて出ていった。

二階に上がり、ゼロ磁場で録音されたという雅《みやび》な琴の音を耳にしながら若竹の間に向かって、出入口に立てられた案内板で初めて新郎新婦の苗字《みょうじ》を知る。

会場に入ると、いきなりミラーボールが回っていた。また機械の調子がおかしいのだ。

席順は、鈴原先生が様々な相性を占って、新郎新婦と一緒に決めている。だが参加を表明しながら、当日になって現れない者が多く、今日も半数ほどしか埋まっていない。仲居さんどうしが交わす符号で、登録された余時者からエキストラを呼んでいることがわかる。

低い説教台のようなミキサー台の前に座り、真っ先にミラーボールのボタンを押すが、反応なく光点を撒き散らし続ける。今流れている琴の音だけはそのままに、レバーやツマミを初期設定の値に戻す。バインダーに挟まれた進行表に目を通し、ここで初めて新郎新婦のフルネームを把握する。

　いつもなら新婦側と新郎側の席で容姿の傾向が大きく異なることが多いのだが、今日はどちらも特徴をつかめない。考えを読まれると困る理由でもあるのか、ウィッグを着用した人が目立つ。

　近くのテーブルの人から、馴染みのない方言が聞こえてくる。なにを話しているかすらわからない。近頃ではどこの地域でも言葉が独自性を増しているという。確かに隣町でさえイントネーションが異なっているほどだ。

「またミラーボールこわれてるの」と背後から広瀬さんが囁き、急に張り詰めた口調になった。「土屋くん、披露宴が終わるまで背中を見せちゃだめ」

　この仕事を戦いに見立てたアドバイスなのかと思ったら、「霊障なのかな。背中に味噌みたいな色の指の跡っぽい汚れがついてる」と言う。「けっこう目立つから」

　龍の贄撒きのときに倒れて、藤巻さんに助け起こされたことを思い出した。

「本日は、誠におめでとうございます。わたくし、本日のこの良き日に、司会の大役をおおせつかりました——」

　広瀬さんが注意事項をアナウンスして、披露宴が始まった。指先が自然とミキサー台の上を動きはじめる。「たいへん長らくお待たせ致しました。ただいまより、ご新郎ご新婦様のご入場です」

照明のレバーを下げると同時に、ボリュームのレバーを上げる。壁が震えるほどの大音量で結婚行進曲が流れだし、すでに回っていたミラーボールの斑点状の光が、白い壁面やカーテンの上にくっきりと浮かび上がり、客席の髪飾りやネックレスを煌めかせる中、トーチを手にした新郎新婦が現れる。盛大な拍手と歓声が沸き起こる。新郎新婦がすべての席を回ってキャンドルを灯《とも》していく。おめでとう。おめでとう。

「ただいまより、古山《ふるやま》家、浜崎《はまさき》家、ご両家の結婚披露宴を――」

進行の節目ごとに反射的に動き続ける体を残して、意識が遠のく。

ぐらつくレバーを上げたり下げたり、スイッチを切り替え、下げつつ上げたり一斉に下げたり、ゆるいツマミを右に左に、左に右に――未《いま》だにこの部屋では三十年前の機材を使い続けている。

「おふたりが、ケーキにナイフを入れましたら、大きな拍手をお願い致します」七段重ねの豪華なケーキ――のうち、本物はナイフの入る中心角が十度のショートケーキだけだ。「ウエディングケーキ入刀でございます」

呆れるほどの早さで段取りが進んで余興の時間になり、請われるままに曲の番号を入力していく。

ンポーン――ンポーン――ンポーン――

魂の栓を抜かれるような、曰《いわ》く言いがたい電子音の繰り返しに落ち着かなくなる。同じ気持ちなのだろう、広瀬さんと目が合う。

「瀬戸の花嫁」の伴奏だった。新婦の友人ふたりが両手でマイクを握って膝を弾ませ歌っているが、わたしにはもうその電子音しか聞こえない。

ンポーン――ンポーン――

ようやく電子音が消えて安堵《あんど》しているうちに、広瀬さんが退場のアナウンスを始める。

カラオケの曲名リストを片づけていると、広瀬さんが汗ばんだ顔を近づけてきた。

「ところで、土屋くんのところって、お子さんまだだったよね」

はい、と言うと、神妙な面持ちになる。

「信頼できる土屋くんだから頼むんだけど――もし、もしよ、まだ誰からも予約されてないのなら、そのときは、広瀬さんに回してくれない？」

「えっ、なにをです？」

「やーね、出産の後のあれじゃない」

ほとんど空気の擦れる音だけで言う。

「出産の後……」

「またまたー、いいのよとぼけなくても。わかった。断れない先約があるのね。ごめんなさいね困らせてしまって。だめね広瀬さん」

「あ、いえ」

「でもひとことだけ。卵巣って毎月の生理で働き詰めだから、休めるのは妊娠したときだけなの。奥さん、早く休ませてあげなきゃ。そのあとは自然分娩《ぶんべん》と母乳。赤ちゃんのためにも、これだけは守って。じゃあ土屋くん、また来週よろしく」

撥条《ばね》が弾むように片手を上げ、広瀬さんは去っていった。小さな黒い靴で、毛足の長い絨毯《じゆうたん》を小気味よく踏みしめて。ストッキング越しのふくらはぎに紫芋の断面を思わせる青痣《あおあざ》があった。霊障だろうか。そこにはよく青痣が残っている。


近くの商店街にある定食屋に入り、日替わり定食を頼んだ。ご飯は五穀米で、おかずはオカラハンバーグだったが、味覚が鈍っていて食感しかわからない。だがアサリの味噌汁を飲むと、周波数が合うせいか少し体が楽になった。

「――なのだから、来世に業を持ち越さないチャンスじゃない。魂の蟠りと結びついてるんだから、乳房を切ったって意味がないの」

右隣の席から声をひそめて説得する声が聞こえてくる。

「いい人紹介してあげるから、病院だけはおやめなさいな。これまでどれだけの人があの恐ろしい場所で地縛霊になってきたのか、知らないわけじゃないでしょう。わたしが

わたしは鍼灸院《しんきゆういん》に通ってるから。ね。心身ともに蟠りをほぐしてみましょうよ」

ありきたりの話を耳にしながら、不妊のことを考えてしまう。わたしは鍼灸院《しんきゆういん》に通って睾丸《こうがん》に微弱な電流を流してホルモンバランスを整えてもらったし、真弓は卵子に見立てたムーンストーンをホトに挿入したままにして月光をよく浴びるようにしているが、なかなかよい兆候は現れない。

粘着質な音をたてて鼻を啜りながら、男が店に入ってきた。店じゅうの客の険しい視線が集まる中、男は鼻汁をひと吸いして奥の席に向かって歩きはじめたが、椅子の狭い隙間を縫って横走りに駆けつけた大柄な店員から、クロロホルムでも嗅《か》がせられるように口元にマスクをあてがわれて押し戻され、出入口で土俵際のごとく抗《あらが》うも外に放り出されてしまった。食欲を無くしたのか何人かが立ち上がり、レジに向かう。

視線を手元に戻して咀嚼《そしやく》を続けるうち、顎がずれたような衝撃を感じた。口から紙ナプキンに出してみると、黄土色や黒の砂粒が散らばっていた。アサリから出たのだろうが、それにしても多い。木の玉の沈んだマテ茶で口をすすいでいたら、離れた席の男と目が合った。男は眉根を寄せ、わたしを睨《にら》んだまま頭に野球帽をかぶる。ペンダントライトの光に、帽子のメッシュから透けたアルミ箔が鈍く光った。

慶賀閣に戻ると本館を通り抜け、渡り廊下から別館に入った。天井の高い廊下を歩いていき、壁の梯子《はしご》を伝って、上部に設けられた戸口からミキサールームに入る。

キャンピングカーの室内を思わせる横に長い薄暗がりの空間は、頭を擦るほど天井が低く、電磁波防止スプレーのにおいと、なぜか加湿器の立てるような音で満ちていた。迫水と本間《ほんま》が手にハサミを持ったまま笑いをこらえているのだ。

「やけに楽しそうだな」

わたしは鞄にブレスレットを入れて部屋の奥の隙間に置き、端のスツールに腰掛けてくたびれた息を吐いた。

「お憑かれ。今日も調子悪そうだな。あとで孔雀《くじやく》の間の準備したらもう帰っていいってよ。よく潰れないよな」

「ほんとだよ」

「土屋、気づかないの？」小鼻の窪みに汗をためた本間が、長めの顎で示す。

ミキサー機材を見回すと、そのツマミというツマミが乳首に変わっていた。肌の色と変わらないもの、水疱みたいな、レモンの突起に似た、甘食に似た、疣《いぼ》っぽい、ゴム風船の結び目、干葡萄、薄桃色の、珊瑚色《さんごいろ》の、茶色、小豆、黒々、大きすぎる、ぶつぶつだらけの、へこんだ、もげそうな、回転しそうな——ありとあらゆる個性があった。

ふたりの足元には、開かれたグラビア雑誌がちぐはぐな向きに何冊も重なりあっていた。一番上に見えるヌード写真は、小さな眼鏡のように乳首が切り抜かれている。

誰が買い集めたのか、以前からミキサー台の下の空間にはグラビア雑誌が大量に積み重なっていた。古株の迫水が働きだしたときにはすでに置かれていたという。未だに人知れず増え続けているというのは迫水の作り話だろうが。

「おまえも切り抜いていいよ。もうあんまり乳首を貼りつけられるツマミは残ってないんだけどな」

迫水はそう言ってまた笑う。額が狭すぎるせいで、髪の毛が作り物のようだ。

「僕は別にいいよ」

展望台風の窓を通して、広大な鳳凰《ほうおう》の間を見下ろす。ミキサールームは、鳳凰の間の天井近くに位置しているのだ。羽ばたく金色の鳳凰が刺繍された小豆色の絨毯の上で、藤色の着物をまとった仲居さんたちが、後片づけのためにせわしなく動き回っている。その中でわたしたちが〈もったいないおばさん〉と呼ぶ五人は、今日もまた他の仲居さんの死角に入るたびに、あるいは自分たちで互いに死角を作りあって、食べ残しの刺身や甘海老や茹《ゆ》でた伊勢海老の身や栗《くり》きんとん等々を驚くほどの早業で口に放り込んでいく。すぐそばで目にしたこともあるが、口元や喉を動かしている様子は露ほども見せない。舌の力だけで擂《す》り潰して少しずつ啜っていく熟練の術を身につけているに違いないと迫水は主張している。

「あれ、仲居さんたち、除霊スプレー使わなくなったんだな」

「これからはご先祖様を招待する席も作るんだと」

「ふーん」

わたしはタキシードの上着を脱いで、汚れた部位を霧吹きで濡《ぬ》らし、ティッシュペーパーで叩くようにして汚れを落としはじめた。支配人の話が頭をよぎる。

「なあ迫水、来月ここで結婚披露宴するんだって？　おめでとう」

迫水が狭い額を上げて怪訝《けげん》そうにわたしを見据える。わたしは悔やんだ。どうしても〝おめでとう〟の言葉が白々しくなってしまうのだ。

「驚いたよ。彼女がいるなんて聞いたこともなかったから――」間を置いて改めて「おめでとう」と言ってみる。少しは自然になっただろうか。

迫水の閉じた口の中で舌が動いているのがわかる。〝おめでとう〟を舌で転がして、サクランボの茎のように結んでいるかのようだった。ふだん聞き流しているせいか、自分の披露宴で義父や真弓の友人のかけてくれた「おめでとう」に反応せず不興を買ったことまで思い出す。

「そんな相手いねえよ！」ネズミ花火の破裂する唐突さで迫水が目を剝いた。「勘弁してほしいぜ。それでなくても独身の住民税はばか高いってのによ。正に大殺界だよ」

「相手がいない。なんだそれ」

「こいつ自分と結婚するんだってよ」と本間が肩を震わせて、四つ折りにしたチラシを差し出す。

開いてみると、〈ひとり婚!〉と太いPOP書体が躍り、その下に〈自分自身と出会い、自分自身とわかり合い、自分自身と分かち合うことで、自分探しに決着をつける結婚式! わたし、いきいき〉という煽り文句が並んでいた。

「まあ、一種の自己啓発セミナーみたいなもんだろうな。いろいろとマニュアルを渡されてさ、最初は自伝というのか、過去の体験をありのままに書き出していくんだけど、これが案外つらいんだ。やっとそれが一段落ついて、いまは暗闇の中で天井から垂らした紐《ひも》にペンを握った手を吊るしているところだ」

「なんだそれ」

「そうやって無意識に委ねれば、守護聖人が勝手に手を動かして、ひとり婚生活をうまくやっていくための秘訣《ひけつ》を記してくれるんだと。これがまた、言葉どころか文字にすらならないんだよな」

「でもあれだろ」と本間。「いつの間にか二重の丸が描かれてたんだろ?」

眩《まぶ》しさに瞼を閉じていた。体は砂漠に腰まで埋まって動かない。漣《さざなみ》の音をたてて渡ってくる砂と共に、色んな人の声が途切れがちに聞こえてくる――電波避《よ》けのヘアマニキュアが取れかけてるのか、頭痛がひどくって――帰ったら腸を洗わないと――とは思うけど、霊性は高いんだよ――赤ちゃんにも安全な鍼灸用品がね――だめだ。製造量を増やすにつれ波動が悪くなるって言ったろ――病院の連中、次々と新しい病気をでっちあげるだろ。マッチポンプなん――七つのチャクラを共鳴させなさい――アルコール消毒液って除霊もできるんだって――就けなかったんだよB型だから――いやいや、どんな人だって繋がり合ってるよ、ＡＢ型以外なら――トイレにカレンダーはだめですよ、風水的に――

背中に砂が積もっていき、上体が前屈みになっていく。

――おれは触ってないって。ちがう、誰かがこの体を操っているんだ――遠くからうろたえた声が聞こえ、うたた寝から目がさめる。

そこは暗いミキサールームの中だ。ミキサー上に生えた乳首の数々を、宙に浮いたたくさんの赤ん坊――それとも肥えた老人たちだろうか――が無心な様子で吸っていた。それらぼってりとした生白い肉体が一斉に片側へ寄ってぶつかり合い、わたしは停車しつつある電車の中で、カード型のアースを握ったまま座っていた。

駅の改札を出ると、白い電線の上に何羽ものカラスが彫像のようにとまっていた。砂霧が立ち込めていたのか、駐輪場の自転車はどれもかすかに砂埃《すなぼこり》をかぶっている。口の中もざらついていた。しばらく自転車を探してから、今朝はバスを使ったのだと思い出す。

ペットボトルの閼伽水《アクア》でクスリを飲み、駅の横にあるスーパーマーケットで、数日前に頼まれたまま忘れていたトイレットペーパーを買った。除霊済みの十八ロールだ。

バスは定刻通りにやってきた。幸い一番前の席に座れたので、背後の荷物棚にトイレットペーパーを置くことができた。発車すると揺れが心地よく、瞼が下りてくる。体が前のめりになって目を開ければ、車内じゅうの〈とまります〉ボタンが赤く光っていて、ドアから乗客が降りているところだった。窓の外に見えるのは自宅近くの景色だ。慌てて降りて、走っていくバスを見送るように歩きはじめたところで、トイレットペーパーを忘れたことに気づいた。


自宅の扉を開けるなり、真弓の背中とぶつかりそうになって足踏みをした。シューズボックスの上の水槽から、動かないネオンテトラを取り除こうとしているらしい。

重みのあるすくい網を宙に浮かせた格好で、真弓が振り返った。

「おかえりなさい。思ったより体調はよさそうじゃない」

「働いているうちにましになってきたんだ」

真弓がゴミ袋の上で網を振った。茶葉のようにネオンテトラの群が落ちる。その中にはまだ動いているものがいた。

「生きてるよそれ」

「いいのよいいのよ」

真弓はまた水槽の中に網を突っ込んでネオンテトラをすくい、うどんの湯切りをするように網を振る。

少し不安になったが、なにか考えがあってのことなのだろう。熱帯魚の飼育は奥が深いという。

靴を脱いで廊下にあがると、揺れを感じはじめた。吐きそうだった。

「お風呂」と背後から真弓の声。

トイレットペーパーのことは言い出せなかった。

タキシード一式を脱ぐと、用意されていたパジャマや下着を持って浴室に向かう。錠剤シートはパジャマに挟んで隠しておいた。

バスタブでは、褐色の湯面から湯気が立ちのぼっていた。乳酸菌のおかげで何カ月も水を替えずに済んでいる。お湯に浸《つ》かると、酸っぱくなった日本酒を思わせる香りがする。いつもならリラックスするはずが、なにかが気になって落ち着かない。どうしてなのかわからなかった。手早く髪の毛を洗って浴室を出て、パジャマを着る。

リビングに入ると、真弓がプラグを抜いてあるはずのテレビを見ながら、半透明の遮蔽袋に包んだノートパソコンになにかを打ち込んでいた。電波が気になったのだろうか。いや、画面に真弓が映り込んでいるだけで、テレビはついていなかった。音楽もノートパソコンのものだ。ミカエル関連の集計だろうか、手間のかかるマウスの使い方が気になる。

「それ、どうしてキーボードのショートカットを使わないんだ。時間かかるだろうに」

真弓の眉根が迫《せ》り出す。

「わたしがそのショートカットを知らないとでも思ったの？　あれは気の流れを淀《よど》ませるから、よくないの。わざと使ってないの」

「悪かったよ」

「自分は怖がってパソコンすら使ってないじゃない。ネットにさらされたものはすべて攪乱《かくらん》用に自動生成された宣り直しの情報だったっていうのに。何も起きなかったのよ」

そう言う彼女も、ネットワークに繋げることはない。あの、何もかもが丸見えになっているように見えた胃の裏返る期間が過ぎたあとは、それまでの人間関係を含めた多くの物事が一変していた。あそこには忘れてしまいたい、二度とほぐすことのできない恐ろしいものばかりが蟠っている。

ばつが悪くなって部屋を見渡しているうち、気がかりの正体がわかった。ノチェの気配がないのだ。トイレやペットボウルまで見当たらない。

「どこにいったんだ」

「なにが？」

「ノチェだよ」

「ああ、なんだ。出て行ったのよ」

「出て行ったって……」

「元々野良だったでしょう？　だから野良にかえしたの」

「なにを言ってるんだ。どこに」

「さあ、外のどこかにいるんじゃない」

顔がこわばるのが自分でもわかる。怒声を発しかけ、下顎を力ませてこらえた。

わたしはわざと大きな物音を立てて、納戸から懐中電灯を取り出すと、玄関を出た。

階段で最上階に向かい、共用廊下を歩いてみると、どれだけこのマンションが老朽化し、廃墟《はいきょ》になりかけているのかを実感する。誰もいないはずの部屋にも生活の気配があった。不法入居者がいるのかもしれない。藤巻さんの住む十九階の出入口には、金網が張られ鍵がかかっていた。自宅のフロアを通り過ぎて十七階に下りる。ちょうど我が家の真下にある部屋には、窓や扉がなく、床板や畳などがすべて取っ払われてコンクリートが剝き出しになっていた。隅には、飲料水の段ボール箱や弁当のケースが堆積している。

廊下だったところを歩いていくと、左手に灰色の土饅頭《どまんじゅう》のような隆起があった。その周囲には握り拳くらいの石が散乱している。

近づいてみれば焚き火の跡らしく、灰の山に雑誌や菓子のパッケージと思われる派手な色の燃え滓やタバコのフィルターが覗いていた。石に見えたのは、龍の鱗だった。旨《うま》いという話は聞かないが、焼いて中身を食べたのかもしれない。かなりの数の鱗の殻が散乱していた。見上げると、天井が煤《すす》けている。その上には我が家の和室があるはずだった。

ノチェは見つからず、一階、また一階とフロアを下りていった。

十五階に着くと、すべての照明が切れた共用廊下を歩きだしたところで、前方にマスクをした馬奈木さんが横向きに立っているのに気づいた。ジャージは着ていなかった。それどころかなにも身にまとっていない。月の光に、鶯色《うぐいすいろ》のクリームを塗りたくった、肋《あばら》の浮いた痩せぎすの裸が照らされていた。弛《たる》んだ下腹部から垂れる驚くほど長く濃い毛に、クリームの雫がいくつも付着していた。ナナフシを思わせる細い両腕を後ろに伸ばす。マスクが顔に吸いついてはまた膨らむ。月光浴でもしているのだろうか。束ねた髪の毛が揺れたと思うと、落ち窪んだ目がこちらを見据えていた。

「猫を探していて」とわたしは言った。

馬奈木さんは顔を戻すと、その場にしゃがんで放尿を始めた。細かな飛沫が光った。ものすごい勢いで、猫が威嚇するときの音に似ていた。

なぜかノチェはもうこの世にはいないのだと直感し、わたしは去った。

部屋に戻ると、真弓がわたしの鞄の中に手を入れていた。

「明日の準備をしてあげようと思って」

クスリを探していたのだろう。持って出たことに安堵したが、財布の金の減り具合を確かめられていれば同じことだった。

朝の熱は三十八度だった。

夜更かししたせいか、歩くと倒れる寸前の独楽《こま》のように体の軸がぶれ、自分でも笑ってしまうほどだった。真弓に隠れてクスリを一錠多めに飲む。

マンションのアプローチに出ると、藤巻さんがホースの水で自転車を洗っていた。その音が馬奈木さんの放尿の音と重なって、奇妙な和音を結ぶ。

駅を目指して自転車を漕いでいると、向こうから、顔面を黒いサンバイザーで覆った三人組が自転車でやってきた。

すれ違いざまに「危ない、危ない「きょろきょろしたらだめ「危ないわー、なに探してるの」と声を投げられて動揺し、ハンドルが左右に激しくぶれた。無意識に塀の上や路地の片隅にノチェの霊を探して、自分で思う以上にふらついていたらしい。

今日の慶賀閣は、珍しく一日じゅう結婚披露宴の予定が詰まっていた。孔雀の間で一つ目の披露宴を終えたわたしは、別館に渡って鳳凰の間のミキサールームに上がった。

戸口から少し入った所で、ロータスの香りをさせた仲居長が四《よ》つん這《ば》いの格好になっていた。手にはガラス製の体温計を握っている。「――って前にも言ったじゃないの。体温計は熱を吸い取ってくれたりはしないって」奥のスツールに悄然《しょうぜん》と座る本間を諭しているらしい。「水銀がどれだけあれこれ引き寄せるのかわかってる？」

事務室の薬箱にあったから……と本間は涙目で力なく呟く。

「これは避霊針《ひれいしん》として置いてるの。昔は多くの人が水銀でいろんなのに憑かれて苦しい思いをしたんだよ。体温計こそが熱を発生させている可能性をどうして考えないの」

迫水の姿が見当たらなかった。

「いくらあんたの守護星が水星だからって、ねえ。わかるでしょう？　逆行まで真似しなくてもいいの。次元上昇《アセンション》が起きつつあるときは、誰にだって少なからず心身に変化は起きるんだから。三十八度程度で抗おうとして無茶しない」

仲居長、仲居長と廊下から呼ぶ声がして、はーい、と仲居長は返事をし、「じゃ、次の披露宴は、土屋くんとふたりでくんずほぐれつ頼んだよ」と四つん這いのまま後ろに下がり、梯子を下りていく。

「なに、どういうこと？　迫水は？」

本間の目尻には涙が溜まっていた。

「連れ去られてしまったんだ……見たことのない、とんでもなく背の高い白い服の大男が突然ここに入ってきて……切り抜いた乳首を指さして、おまえがやったんだなっ、おまえだなっ、と白目になって怒って、迫水の乳首を毟《むし》り取ったんだ。あのグラビア雑誌、全部そいつが集めてきた大切なものだったらしい」

「まさか……ミキサー仕事のOBだろうか。そんな背の高い人は覚えてないけど……おまえはどうして連れて行かれなかったんだ」

「そんなのわかんないよ。おれは乳首を元の雑誌に戻すように言われて……」本間は自分の掌を見た。指先に乳首が何枚か貼りついている。「誰もあの大男を見てないらしいんだ。ほら、あれ」天井を指さす。「鯑が走っているだろう。男の背中がつっかえて……」

「あの鯑は前からあったじゃないか」

「おまえも信じてないのか」

「そうじゃないけど……ただ、おまえいま熱があるんだろ」

「仲居長は、凶方位だから方災除《よ》けしてもらったはずなのに、って首を捻《ひね》ってた。地縛霊かもしれないから、後で高本《たかもと》さんにお祓いしてもらうって。二重円が結界だったのかな……クスリの副作用で霊を見やすくなるらしいんだけど、どうしてみんなおれがクスリやってること知ってるんだろう。盗聴されているのかな」

わたしまで盗聴された気分になった。彼もずっと微熱が続いていたのだろうか。

「確かに微熱が続いていて、一向に下がらなくて、だからクスリは飲み続けているけど、だからって。それにどうして仲居長はおれの守護星まで知ってるんだ──」

「おい、そろそろ」

窓越しに、司会の所沢《ところざわ》さんがマイクの前に立つのが見えた。

「どうしよ、ちょっと待って……」

本間が慌てて音叉《おんさ》に似たU字形の道具を手にして、ミキサー台の角に当てた。U字部が共鳴して透き通った単音を響かせ、本間の瞳が寄り気味になって目元がやわらぐ。あがり性の本間は、この心理チューナーで脳波を調整してからでないと仕事をうまくこなせないのだ。

鳳凰の間は照明やスピーカーの数が多く、ひとりでは操作しきれない。わたしはこの部屋と相性がよくないのだが、組んでやるしかなかった。

レバーを上げ、ツマミを左に回し、右に回し、スイッチを切り替え、並んだレバーを下げ、下げ、下げ――

大方のツマミは元に戻っていたが、ところどころにまだ乳首が残っていた。セロハンテープで貼り直された〈ゴンドラ〉と書かれたシールが目に入った。使われなくなって久しいが、まだゴンドラの装置は動くのだろうか。

花束贈呈が終わったあたりで、残りを本間に任せてミキサールームを去った。若竹の間で次の披露宴の予定があったのだ。

その披露宴のすべての段取りが終わるまでに、わたしは何度もタイミングを見誤り、司会の室井《むろい》さんに冷たく促されるはめになった。客席の誰もが目で追っている新郎新婦の姿が、わたしには見えなかったからだ。聞かされていない新プランでも行われていたのか、わたしが朦朧としすぎていたのか。クスリの効果が持続しなくなっているのは確かだった。

憔悴《しょうすい》しきって帰宅すると、真弓の姿がなかった。バッグやノートパソコンも見当たらず、キッチンカウンターにはラップをかけた丼鉢がひとつ用意されていた。心縁関係の講習がある夜はいつもこうだ。言い忘れていたのだろう。

丼鉢を電子レンジで温め、居間のテーブルに持っていく。全体を覆う鰹《かつお》の削り節を箸でよけてみると、オレンジ色をしたジャム状のミカエルがふんだんにご飯の上にかけられていた。彩りのためか、輪切りのオクラが鏤《ちりば》められている。箸でご飯粒とかき混ぜて胃に流し込んでいく。

歯磨きを終え、風呂に入ろうとパジャマを出していた時に、ハンガーラックの真弓の服がすべてなくなっていることに気づいた。

電話をかけようと玄関前に立ち、水槽から目が離せなくなる。魚が一匹もいなくなった濁った水の中を、細かな泡が上り続けている。ときおりラメのように鱗が瞬く。

痒みを覚えて頰に触れると、小さな瘡蓋《かさぶた》が落ちた。

真弓は新たにふたりで興味を持てるものを探していたのだろうか。それともわたしが興味を持たないものにしがみついていたのか。知り合った頃は驚くほど好みがよく似ていた。半年後に一緒に暮らしはじめてからは、好みが合えば合うほど会話が少なくなっていった。いまではほとんど話すこともない。まるで一致するたびにカードの減っていく神経衰弱だった。

細かな泡の動きを目で追いながら、明日、電話しようと心を決める。

決めたまま四日経《た》ってしまい、義父の方から電話がかかってきた。真弓の所在には触れず、わたしと真弓の運勢の嚙み合わせの悪さを穏やかに説いてくれる。血液型も、生年月日も、星座も、名前の画数も、人相も、手相も、買ったマンションの地相も、わたしの職業も――だから籍を入れずに様子を見ろと忠告したのは正しい行いだった、と。

義父は忘れていた。わたしが表向きの名前や生年月日を、義父の提案した通りに変えたことを。凶相とされるホクロを消し、手相の整形まで行ったことを。

真弓の前では気を遣って三食摂っていたが、微熱が長引きだしてからはほとんど食欲がなく、ひとり暮らしに戻ってからしばらくは、ヨーグルトやミカエルやクスリを口にするだけで済ませた。

ようやく休日になって食事をつくる気になり、計量米櫃《こめびつ》のボタンを押した。下部の引き出しを開けると、小さな綿埃のように二匹の羽虫が宙に飛び出してきた。目の前でねじくれた弱々しい軌跡を描く。

引き出しの中を探って、わたしは呻いた。

米粒の間で、赤い糸屑《いとくず》のような小さな幼虫が、何匹も伸びをするようにのたうって光沢をちらつかせていた。

藤巻さんの親戚の農家から買った顔の見える米だった。無農薬の有機米は虫が湧きやすいからと、真弓は米櫃の内側の四隅に竹炭を据え、結界を張ったはずだった。

わたしは割り箸で幼虫を摘み上げ、ボウルの中に落としていった。増えてくると、どことなく染色体を思わせる。次は引き出しいっぱいに米を満たして探ってみた。次々と現れる赤い幼虫を、丹念に取り除いていく。きりがなかった。シンクの上の棚から笊《ざる》を引っ張りだしてきて、中に米を放り込み、小刻みに揺すってみた。細長い隙間から、赤い幼虫だけがボウルの曲面へ落ちていく。面白いように落ちていく。わたしはその作業にのめり込んだ。ボウルの中で、数え切れないほどの幼虫が絡み合ったり崩れ落ちたりしながら伸び縮みを繰り返している。

チャイムの音で我に返った。真弓が帰って来たのだ。

わたしは立ちくらみを覚えながら廊下を渡り、玄関扉を開けた。

扉枠を埋め尽くさんばかりの巨体があった。

浅黒くむくんだ顔に、真ん中からきっちりと分けた薄毛の長髪。所々から細い三つ編みが垂れている。肥えた体に、様々な色や柄の布をパッチワークした山岳民族の衣装を思わせるワンピースをまとっている。

妙な既視感に囚われていると、女が潤いのない薄い唇を開き、「あぐらせてもらあだ」と玄関に押し入ってきた。前歯がなく、残った歯も餡《あん》の透けた饅頭のようだ。太い首に掛けた貝殻の数々が揺れて、澄んだ音を鳴らす。

「なんですか、困ります」

両手を突き出して止めようとしたが、前進する機動隊の盾のごとき腹回りに気圧《けお》されてしまい、つっかけを脱いで中指や小指に絆創膏《ばんそうこう》を巻いた剛健な裸足《はだし》が廊下に上がることを許してしまった。フローリングを軋《きし》ませて、雲が膨張するようにわたしの前を通り過ぎる。

「気にせんでぃ。あらかじん話はついど」

「いったい、なんなんです」

驚くほど肉厚の背中に向かって言う。

「でぃたんでしょうに。こみぃにむすが。それを集めさせてぃもらぁが。なんも心配いりゃせんでぃ」

女は勝手に廊下の奥へ進んでいく。

虫の湧いたことに気づいた真弓が呼んだのだろうか。いつも頼んでいたのだろうか。

女はキッチンに入ると、米櫃の前の床にあぐらをかいて、窮屈そうに何度か背中を揺らした。勢いよく膝を叩くと、ポケットのひとつから密閉容器を取り出し、迷いのない指使いでボウルに蠢《うごめ》く赤い幼虫を束にしてつかみ、錦糸卵のごとく中に詰めはじめた。

「害虫駆除の業者さん、ですか?」

「こぉいうらが、よい生薬《きぐすり》になるでぃ」

いったん密閉容器を閉じると、側面で床をこづいて隙間を詰め、また開けて中に幼虫を放り込んでいく。

「でぃ、あんた、飲みんなさぁだが? 熱によいだら、乳鉢ん擂り潰してぃ、風呂ん黴《かび》と混ぜんだけっがら時間はかかりゃんず。あ、あと蜂蜜もな」

わたしは上擦った声で断り、既視感の正体をつかんだ——幼い頃に、この人と会っているのだ。

女は一息ついて立ち上がると、米櫃の蓋を開け、中へじかに太腕をつっこんでかき回しはじめた。

低く弾んだ笑い声と共に引き抜かれた手には、葡萄の房状に繋がった米の塊《かたまり》が握られていた。白い米と変色した米が、納豆さながらに糸を引いてばらけていく。いや、変色した米ではなく蛹《さなぎ》だ。女はそれらを片手の指先だけで器用に捏《こ》ねて団子にし、また別の密閉容器に収めた。

出て行ったことを理解して鍵とチェーンを掛けに動くまで、しばらくかかった。

目の奥に赤い虫の蠕動《ぜんどう》がちらつく中、わたしは久しぶりに実家へ電話をかけた。

母は最初、たまにしか連絡しないわたしを楽しげになじっていたが、いつしか丹田への力の込め方を指南しはじめていた。母が息継ぎをしたときを狙って、わたしは訊ねた。

「子供の頃、近所の荒れ地に、バラック造りの平屋があったよね。そこに変わった家族が住んでなかった？」

「そんな家族いたかしらねぇ」

「ほら、おばさんが樽《たる》みたいに太っていて、べっとりした髪を編んで、古着を継ぎ接ぎした服を着ていて。子供なのか孫なのか、七人くらい子供がいて」

そう話しながら、その子供たちを一度も学校で見かけなかったことを思い出した。

「ああ……そういえばなんとなく。平田《ひらた》さん、だったかねえ」

近所の遊び仲間は、魔女と呼んでいた。いつだったか、家にわたししかいないときに突然訪ねてきて、なめくじを獲《と》らせてもらあだ、と言ったのだ。母にはことわってあるという。彼女は祖父が庭で育てていた盆栽の鉢になめくじを見つけては、ささくれだらけの指でつかんで寿司折の箱に並べていった。怖くてしょうがなかった。なめくじをどうするのか訊《き》いてみると、擂り潰してクスリにするのだと言う。

「それは覚えてる。あんたが熱にうかされながら話してくれたから。なめくじのクスリを飲めって言われたんでしょ？」

そうだ。かじぇにきくんでぃ、と言われたのだ。

「でもあんたは飲まなかった」

さっき同じようなことがあったのだとわたしは説明した。平田さんが、あのときのままの姿だったことも。

「同じ人のわけがないでしょうに。ちょっと、あんた、まさか熱があるんじゃないでしょうね」

真弓が出て行ったあとも体調の悪さは変わらなかった。砂漠では胸まで埋もれ、金縛り同然のまま眠るようになったが、それでも喉の渇きは鎮まらなかったし、肌からは赤みが引かず擦り剝いたように痛んだ。

仕事は一度も休まずにこなしたものの、広瀬さんと一緒に組むことはなくなった。妻が出て行った後で、鞄に入れたはずの念珠ブレスレットが消えていることに気づき、焦って店を回ってそっくりなものを拵《こしら》えてもらったのだが、指導石が量子的な阿吽の状態にないせいか、ことごとく波長が合わなくなったのだ。

クスリの量は増していき、胃や口の粘膜がひどく荒れ、碁盤に石を並べるように次々と口内炎が生じた。唾液に混ざる砂に擦れてひどく痛んだし、歯茎から鮮血が流れて止まらなくなることもあった。昼食の後にトイレで歯磨きをしていると、後ろを通った人が薄赤く染まった洗面ボウルに驚きながらも、それは悪い血だからどんどん出した方がいいよ、と助言してくれた。

微熱が長引きすぎていることと、ヤクザイシからクスリを手に入れる罪悪感に耐えられなくなったわたしは、とうとう医者に頼ることにした。

披露宴の予約がキャンセルされ、思いがけず早く退社できた日に、駅から自転車に乗って総合病院を目指した。十五分ほど走っていると、それとわかる十階建ての建物が視界に入ってきたが、壁はどこもかしこも罵倒をぶちまけた落書きだらけで、どの窓にも灯《あか》りがなかった。

予定を変更して、自分と似たような症状がないか書物にあたってみることにした。もう何年も本を買っていないので、どこに書店があるのかすらわからない。当てずっぽうにあちこちの通りを探してみたが、一向に見つけられなかった。人に訊ねてみても、何度も訊き直されたあげく、笑われただけだった。日が暮れはじめていた。携帯電話を使おうかと思ったが、地図に繋ぐと考えただけで恐怖心が湧き、諦めてマンションに戻ると電話が鳴っていた。慌てて扉の鍵を開けて受話器を取る。

「ずいぶんとかかったわね。もう、熱で動けないのかと心配したじゃない」

「あれ、母さん？　いや、外にいたんだよ」

「おじいちゃんも心配して、毎日深夜に神社に行って、裸足で御百度踏んでるんだけど」

「いったいどうしてそんな」

「あんた、覚えてない？　小学生の頃に、原因不明の熱が何週間も続いてね」

「ええと……」

「ほら、ちょうど龍が燃えた頃じゃない。あと三日持てばいい方だってお医者さんに言われてね。覚悟するようにって」

「ああ。巡り発《た》っても不思議はなかったって聞いたような気はするけど」

「そのときにもおじいちゃんね、御百度を踏んだの。だからあんたが助かったの。わかる？」

「いや、わからないよ。確かに体調はよくないけど、長引いているといっても微熱だから」

「少し話しただけで、そんなに息が荒くなるなんて」

「だからって、巡り旅に出るはめにはならないよ」

「ほんとにそう言い切れる？」

「なんだよそれ。なにが言いたいの」

「おじいちゃん、田所《たどころ》さんを訪ねて――」

「それ誰？」

「田所さんは田所さんよ。でね、あんたを視てもらったそうなのよ。そしたら、死にかけていて余命わずかって言うじゃない」

生々しい忌み言葉を久しぶりに聞いて、胸が締めつけられた。

「なんで本人が行ってないのに、視てもらえるんだよ」

「そりゃあ生霊《いきりょう》として呼ぶからよ」

「母さん、もう、その話はいいよ。そういう黒い言葉を使うのだってよくないし。僕はただ、おじいちゃんが心配だからやめさせたいんだ」

「あんたが死ぬはずだったのは、三日前なのよ。お父さんはおじいちゃんの御百度を拒んだものだから……」

「その言葉はやめてって言ってるでしょう。父さんは多くの心縁を得て、旅立つことができたんじゃないか。パスポートの写しだって残ってる」

「もし今やめさせてあんたが死んだらと思うと――」

「いいよもう。僕が行って止めるから」

受話器を置くと、わたしはキッチンへ向かって冷蔵庫に頭を突っ込んだ。喋っているうちに顔が火照って朦朧としていたのだ。口内炎の数々も疼《うず》いている。落ち着いてくると、浄水サーバーを出してコップに閼伽水《アクア》を注ぐ。灰色に濁って、細かな澱《おり》が浮き沈みしていた。サーバーを見れば、鱗の中身が四枚とも縦向きに浮かんで黒ずんでいた。腐っているのだ。三角コーナーに鱗の中身を落とす。たちまち生臭いにおいが立ち昇り、レンジフードのスイッチを押した。

換気扇の音が騒々しく響くなか、わたしは仕方なく邪気を帯びた水道水をそのままコップに注ぎ、目を瞑ってクスリを飲んだ。もう四錠でなければ効かなかった。

マンションを出て、自転車で最寄りの駅に急ぎ、ぎりぎりで最終電車に乗り込んだときに、タキシードを着たままだったと気づいた。一時間ほど揺られて実家の最寄り駅で降り、タクシーで山腹にある水瑞《みずい》神社に向かった。

石灯籠の光に照らされた鳥居の朱色が、やけに鮮やかだった。その下をくぐって、冷たい風の流れてくる石畳を歩いていく。敷石のわずかな段差だけで、つまずきそうになる。

賽銭箱《さいせんばこ》の前に跪《ひざまず》いている白い人影があった。小さな社殿の向こうで真っ黒な影となって聳《そび》える梛《なぎ》の木の幹や葉冠が、とてつもなく大きく威圧的なものに感じられた。

人影は静かに立ち上がって身を翻すと、手足の関節が凝ったような動きでこちらに歩いてくる。着ているのはランニングシャツと股引《ももひき》だけだ。裸足だった。

「おじいちゃん」

祖父は口の中で念仏を唱えながら、オウムガイを思わせる大きな後頭部を震わせてわたしの前を通り過ぎる。離れていく。鳥居の向こうの闇に痩せた後ろ姿が消える。

葉冠のざわめきが騒がしく感じられる。

まもなく闇の中からぼんやりと白い姿が現れ、こちらに戻ってきた。いつもこれを百回繰り返しているというのだろうか。

「おじいちゃん、僕だよ。僕は大丈夫だから、こんなことやめてよ。体にさわるよ」

祖父が動きを止め、片方の足に重心をのせてからゆっくりわたしの方に振り向いて、いきなり腕を大きく振って殴りかかってきた。

避けようとして靴の踵《かかと》が敷石の角にあたり、わたしは背中から倒れこんだ。

「なんで邪魔をするかー！」

「どうしたんだよ、おじいちゃん。なんで」

祖父が片足を上げるのが見えた。と思うと、鼻が顔面にめり込んだような激痛が走る。

「人違いだよ。僕だよ、幸雄《ゆきお》だよ」自分の声が、変だ。

唇に生暖かいものが垂れてくる。

「おまえが誰かわからんほどわしが耄碌《もうろく》しとるというか！」

祖父は、エイヒレを思わせる硬質な踵でわたしを蹴る。何度も蹴る。踝《くるぶし》の青い血管がやけに盛り上がっていた。

「わしは孫を助ける。助けにゃならん。血縁の絆を弱めてなるものか。だからおまえなんぞにかまけとる時間などない」

祖父の背後の黒々とした椰の木の枝葉が、静止していた。わたしは胃の中のミカエルを吐いた。身動きできなかった。

祖父は全身で大きく呼吸をして、とめどなく溢れる怒りを抑えようとするように、再び歩きだした。

神社を後にしたわたしは、ぐらつく上体を骨盤で受けるように歩いていた。いつの間にか左の靴の踵がなくなっていた。神社近くの高台にある霊園に立ち寄ると、水汲《みずく》み場で顔を洗って血や汚れを落とす。痛いほど冷たい水に、鼻孔と唇がひどく沁みた。

立ち並ぶ墓石で遠近感の誇張された暗闇を通って、祖母の墓石の前に立った。血の気のない両手を合わせる。この隣に父の墓石を置けなかったことに、祖父はひどく憤っていた。父は、期限免除で高次元へ旅立つ栄誉に浴したので、母の手元にはパスポートの写しだけが残った。誰もが手に入れられるものじゃない。

街灯の少ない暗い坂道を休み休み歩いて、龍沿いに建つ一軒家に辿り着いた。庭には空っぽの犬小屋と、タイヤのつぶれた錆《さび》だらけのライトバンが置かれたままだ。玄関の表札には「塚本《つかもと》」とある。

扉を開けた母は黄色いパジャマ姿だった。自分の息子だとわかるまでしばらくかかったが、「どれだけ心配したと思うの」と言いつつ今日の運気通りに良いことが起きたと喜んだ。目が悪くなっているせいか、わたしのひどい有様には気づかなかった。

「神社に行ったんでしょ、おじいちゃんには会えた？」

「いや、せっかく来たのに無駄足だったよ」靴を脱ぎながら言う。「おじいちゃん、まだ隣町の家にひとりで住んでいるの？」

玄関には父が欠かさず食していた、一世代前の瓶詰めミカエルの箱が山積みになったままだ。

「それがねえ、駅前に引っ越したのよ。鉛板の遮蔽材が売りのワンルームマンションでね」

ダイニングキッチンは相変わらず、ありとあらゆる健康食品で溢れかえっていた。テーブルの中央は、種子やハーブを詰めた袋や瓶に占領されていて、肘を置くのがやっとだ。

足がこわばっていた。キッチンの向かいの席に座ろうとすると、その隣に座るよう促され、以前そこが父の席だったことを思い出した。

夕食まだならいろいろ作ってあげたのに、と母は残念そうに言って湯を沸かし、小瓶のハーブを何種類も小匙《こさじ》ですくって、発熱を抑えるハーブティーを淹《い》れてくれた。

「あんたこれ好きだったでしょう。貰い物だけどね」と丸い缶を開け、ラングドシャを出してくれる。

そういえば、長らく食べてなかった。たまご色が縁の焦げ色に変わるぼんやりした境目が好きだった。歯をあてると僅かに湿気《しけ》ており、脆く崩れて細かくばらけていく。そのざらつきに、ノチェの舌の感触を想《おも》う。

「なにかの舌って意味だそうだよ」

「なにかって」子供の頃は聞き飽きるくらいに教えてくれたのに。「猫だよ」と言ったが母はそれには応えず、

「どれだけげっそりしてるのかと思えば、いい感じに日焼けまでして。といっても痩せっぽちだし、背筋も曲がりすぎ。ね」と父の席に頷《うなず》きかける。「もっと帰ってきなさいな。この国ならどこにいたって安全で平和だけど、それでも嫌なデマが多くて心が荒《すさ》むこともあるでしょうに。無条件に信じ合えるのは肉親だけなんだから」

母はエレベーターガールのように、自分の臍《へそ》のあたりに両手を重ねた。

「ともかく丹田にちゃんと力を込めなさい」

わたしは二階にあるかつての自分の部屋に通された。四畳半の洋間で、スチール製の頑丈な勉強机が当時のまま置かれていて、あちこちにシールを剝がした跡が成仏できずに残っている。だが部屋の広さが記憶とずれていて、少し落ち着かなかった。

「あんたが中学生の頃に繕ってあげた身代わり。懐かしいでしょ」と母がオレンジ色のパジャマを持ってきてくれた。確か、その派手な色と、パジャマは寝ている間に身代わりとなって邪気を吸ってくれるという母の主張を当時は受け入れられず、着るのを拒ん

だのだ。「布団は押入れの中だから、好きに使ってちょうだい」そう言うと、母は大きくあくびをして出て行った。普段ならとうに眠っている時間なのだろう。

着替えてみると、パジャマのサイズはぴったりだった。あの頃から背丈が変わっていないはずはないのに。

布団を出そうと押入れの襖を横に滑らせる。下段の湿っぽい空間に、束ねられた教科書やノートが見えた。引っ張り出してみると、一番上のノートは焼け焦げていた。紐をずらして抜き取ってみる。頁《ページ》が破れんばかりの筆圧で、地名や産物などの名前が記されていた。地理のノートで、後の方の頁には、東経三十八度線上にある地名が幾つも記され、雑誌やチラシから切り抜いた風景写真も貼りつけられている。頁の隅には赤ペンで二重丸。よく覚えていないが、好きな経度を選んでその線上にある土地の文化を調べる、という宿題だったらしい。炭化した紙の一部が爪の大きさほど剝がれ、舞い落ちた。

これが燃えたのは、あのときだ。

家の前に横たわる龍は、冬になると全身から体液を絞り出し、コンクリートの巣と枯れ草に覆われた広い中洲《なかす》を残して深い眠りに就く。小学校低学年の頃、わたしは友人の坂下《さかした》くんと、中洲の枯れ草を押し広げて長いトンネルを造り、その中で一緒に宿題をしたり、コーヒーやタバコを試したりして遊んでいた。あるとき、わたしはライターの銀色カバーを外して、ガスの量を最大にする方法を突き止めた。面白いように炎が高く伸び上がり、枯れ草の天井に燃え移ったと思うと、瞬く間に広がって火の海になった。わたしたちは炎のトンネルの中を真っ青になって這いずり回った。

どうやって逃げ遂《おお》せたのだろうか。ふたりは龍に掛かる橋の上で、「誰があんなことをしたんだろう」「ほんとだよ、誰があんなひどいことを」「悪いやつがいるんだな」「いるんだな」と互いに言い聞かせてから別れた。

家に帰ってベランダから見渡すと、まるで大地の裂け目から猛《たけ》きマグマが覗いているかのようだった。眠れる龍を起こしてしまったのだ。わたしは布団にくるまり、いつ消防車やパトカーのサイレンが聞こえてくるだろうと怯《おび》え続けた。いまにも目撃者がわたしを名指しし、警察官がチャイムを鳴らすのではないかと、銀色に光る重い手錠をわたしの手首にかけるのではないかと怯え続けた。全身の血が冷えてみぞれ状になった。もう消えただろう、と何度もベランダに出ては燃え滾《たぎ》る龍を目の当りにした。

炎は一週間ほどかけて鎮まったが、黒く焦げた砂地はまだ燻《くすぶ》っており、糸を撚《よ》ったような細い煙を方々から立ち昇らせていた。それが完全に絶えても、恐怖心は消えなかった。わたしはひとりで再び中洲に降り立った。そこは日常と孤絶した真空に近い場所で、わたしの記憶の底から、広大な砂漠が溢れ出してきた。

声が降ってくる。毎夜、声は灼熱《しゃくねつ》の太陽となり、熱く乾いた空気となり、果てしなく連なる砂丘となり、駱駝となり、足跡となる。鞍《くら》の上からは、逆光で顔のよく見えない青年がわたしを見下ろしていた。

　母はいつも子守歌がわりにあるお話を読み聞かせてくれた。サハラ砂漠の単独横断を夢見て旅するひとりの青年の物語だ。わたしは両の拳を胸に強く押しあてて聞き入ったが、いつも眠気には抗えず途中で眠ってしまう。時には意識の薄れる間際、瞼や耳に柔らかい唇が触れるのを感じたこともある。

　彼の死は唐突だった。わたしはまずお話が終わることを恐れ、母に執拗《しつよう》に問い続けた。最初は何を問うているのかすらわかっていなかった。ここで終わりなの。どうして、まだ横断終わってないよ。どうして。上温湯《かみおんゆ》さんはどこにいったの。どうなったの。サーハビーは。これはお話じゃないの。本当のお話はどう違うの。死ぬのはお話だから。本当でもひとは死ぬ。でもお母さんは死なないでしょう。お話と本当のお話と本当はどう違う。死ぬとどうなるの。ひとりで旅していたのに、誰がそれに気づいたの。死ぬと、誰かがお話にしてくれるの。

　それほど無慈悲で壮絶な物語があることに、いや、それが現実だということに愕然《がくぜん》とし、青年が志半ばでこの世からいなくなったというのに眠たくて仕方のない自分に失望し、眠りが死に似ていることに恐怖した。

　押入れの奥で物音がした。重ね置かれていた冊子の山が崩れたのだ。文集や卒業アルバムなどもあり懐かしく見ていると、母子手帳が挟まっていた。紙は濡れたのか波打って頁どうしがくっついており、めくりにくい。湯葉を剝がすようにして開いていくと、赤ん坊の頃のわたしの身長や体重や体調などが、毎日だったり一週間おきだったりと規則性なく記されている。適当にめくっていく。

「あと三日ももたないかもしれない。覚悟をするよう先生に言われる」という手書きの文字が目に飛び込んできた。

「お義父《とう》さんが御百度をはじめて、義則《よしのり》さんが怒っている」

前の頁を開いていく。随分と長く発熱が続いていたらしい。病院では何度検査を受けても原因がわからず、心療内科の受診を勧めてきたそうだ。

敷石や枕木がものすごい速度で流れ去っていく中、鋼鉄のレールだけは静止した冷たい輪郭を保っている。ときおり引き裂かれたように早回しで分岐しては、吸い込まれるように融け合い、また列車と同じ速度で静止する。

車両が重々しく停《と》まってドアが開いた。

改札を出て階段を下りていく。明けはじめた陽光に瞳を射られ、眩しさに目を細める。駐輪場に着くと、やけに自転車が少ない。まだ早すぎるせいだろうか。

砂混じりの重みのある風が吹きつける中、駐輪場を歩いていく。立ち止まる。もう少し先まで進み、ゆっくりと見渡してから踵《きびす》を返す。自転車が見あたらない。口の中でざらつく砂を、唾と一緒に吐き捨てる。どこにもなかった。焦って探しまわるうちに、自分がどんな車種に乗っていたのかがあやふやになり、それらしい自転車が増えていく。幾度も試しに鍵を差し込んでみたが、鍵穴に触れる直前には合わないことがわかっていた。

誰かが屋根を支える鉄柱の前に立っているのに気づく。手帳を取り出してなにかを書き留めている。男が去ると、その鉄柱に歩み寄ってみた。皺の寄った張り紙があった。妙に字間の開いた虹色の文字で、自転車の撤去を告げている。手書きで記入された日時によれば、ついさっき、半時間ほど前だ。ここはいつから駐輪場ではなくなったのか。保管場所は、バスの路線から外れた最果ての地だった。返還には免許証か保険証が必要で、撤去保管料が五千円かかるという。

張り紙の内容を手帳に書き写していると、近くの道路に運良くタクシーが停まり、客を降ろした。慌てて手を上げて駆け寄り、車内に乗り込んだ。

頭髪がわずかな、細かい皺で肌の縮れた、かなり高齢の運転手だった。八十代くらいだろうか。

「どこまでっ」

祭りの後のような潰れた声で言う。お守りひとつないルームミラーに、皺だらけの瞼を庇《ひさし》にした細い目が映っている。

「ええと」手帳を開いてめくる。「平岸七丁目です」

「知らん」

降りたくなった。

「平峰区待柱の平岸七丁目です」

んあ、と運転手が痰《たん》をきる。「あのへんかい。面倒なところを……待柱通りを左に向かって、さらに左だな」

地図と違っている。

「いえ、待柱通りを右に向かって、さらに右ですよ」

「そう言ったがな！」

怒鳴り声をあげ、車を唐突に走らせはじめる。

運転手はそのまま口をつぐみ、車内は湿った綿のような沈黙に満たされる。

一般の車に勘違いして乗ってしまったのでは、と不安になったが、メーターはある。ただし運転手の名前はどこにも見当たらないし、車内はなんの遮蔽措置も施されていない。ついてないが、黙ってくれているだけましだと自分を宥《なだ》める。

ワイパーが動きはじめた。痙攣するように扇を描いて砂埃を拭う。

「一粒ずつに、所有権を刻印しとるらしいがな。それで全土を覆って、あわよくば占領か？　好きにはさせんぞ」

特にわたしに語りかけているわけではないらしいので黙っていた。どこの国の話なのだろうか。

運転席のドアの窓がわずかに下がり、車内に泥臭い潮の香りが漂いだした。

窓の外の景色は、空疎な粗雑さを帯びはじめ、埃っぽくかすんだ灰色の空がゆるりと垂れ込めてくる。

何台もの大型ダンプカーとすれ違う。

どこからだろう。金属的な重い衝撃音が、ゆっくりと規則的に鳴りはじめた。やがて道路の外には建物が見えなくなり、豪雨の後の砂漠を思わせる、色の沈んだ泥濘《でいねい》が広がりだした。不定形な鉛色の水たまりがあちこちに見える。その向こうには青褐色の海が広がり、群をなす白羊のような光沢《かし》をちらつかせていた。

タクシーが停車し、わずかに傾ぐ。

「ここでな」

返事も待たず扉が開いた。前方に続く道路は、百メートルほど先で弧を描いて右方に曲がり、海上を渡って彼方《かなた》にかすむ岸へと延びている。

「領収書をいただけますか」

代金を手渡しながら言う。結婚式場に勤めているとはいっても、その実ひとりひとりが個人事業主扱いだ。

運転手が不満気に喉を鳴らし前に手を伸ばしたとたん、領収書のロールが脱落した。

舌打ちの音。

運転手は、落ちた感熱ロールを手に取り、おぼつかない手つきで延びた紙を雑に巻き、元の場所に押し込もうとしたがまた落ちた。もう一度拾い、押し当てるが、騒がしく音が鳴るばかりでうまくはまらない。

「くそっ。くそっ！　くそくそっ！」

激しい悪態をつきながら、押し込もうとする。

「くそっ！　くそおおっ！　つるらぁあ」

殴っているような音になってきた。

すみません、もう結構ですから。弱々しく言って外に出る。

とたんに足先が沈んで、周囲に水が染み出してきた。路面は水をたっぷりと含んだ砂泥に覆われていた。

ぼんやりとした水平線を辿って眺めていくと、左の方に菱形《ひしがた》の建物が宙に浮かんでいた。四方を塀に囲まれた切妻屋根の建物が、濡れた地面に映り込んでいるのだ。

わたしはその建物に向かって、ぬかるんだ干潟を歩きはじめた。水気のある自分の足音が、なぜか離れた場所から聞こえてくる。足の裏と中敷きの隙間にぬめりのある泥砂がもぐり込んできて、スラックスの生地を水染みがじわじわと這い上がってくる。足の小指がむず痒い。

道路から離れるにつれ泥砂の深さが増し、脛《すね》まで浸かるようになった。足を抜くごとに、硫黄のにおいが鼻を突く。濡れた泥砂のあちこちから、龍の鱗らしきものが覗いていた。

切妻屋根の建物は一辺が二百メートルほどあり、奥に三棟続いていた。海鼠板《なまこいた》の塀に掛けられた看板には〈B自転車等保管場〉と記されている。その横に開いた門に足を踏み入れる。

目の前の建物は腐食した海鼠板で覆われており、古い工場を思わせた。出入口らしい横長のシャッターは閉ざされていたが、砂泥が詰まって片側に隙間が開いている。左手にはベニヤ板造りの詰め所があり、受付窓を通して整備服を着た職員が前屈みの姿勢で座っているのが見えた。首のうしろから細い煙の筋が立ち昇っている。

歩み寄っていき様子を窺っていると、男が毛深い手を首に伸ばしてお灸を机に置き、扉をはじき開けて外に出てきた。無造作な白髪交じりの髪が目元までかかり、腹回りが大きく、足には膝上まで届くゴム長靴を履いている。

「今週はひとりめだよ」と、滑舌の悪い声で男が言う。

「ここまで来るのに苦労しました」

「簡単に取りに来られちゃあ、撤去する意味がないからね。しかもここは茶柱が立たないほど縁起の悪い土地ときてる。あ、結婚式の帰りだったのかな。災難だったね」

「液状化かなにかですか」

「龍のせいだよ。鱗が増えすぎて自分の体が拘束服みたいに窮屈でしょうがないんだろう。贄をやりすぎなんだよな。ひどく暴れるもんだから、このあたりは龍砂まみれだよ」男が長靴の履き具合をなおす。

「こんな形で影響が出ているなんて」

「織り込み済みなのかもしれないけどね。龍砂は解毒にいいらしくて、道路の向こうには保養所が作られてる。パワースポットってやつだ。まあ、どこの龍も似たような有様らしいから、いずれこの国は一頭の巨大な龍になって、太平洋に向かって泳ぎ出すのかもしれないね。で、何月何日だい」

生年月日を答えると、

「撤去された日付だよ」

「ああ、今朝です」

「じゃあ、手前の保管庫だね」

男が建物に歩み寄って壁面のボタンを押した。シャッターが弦楽器めいた擦過音の尾を引きながら連なる鋼板を震わせて巻き上がっていく。

「たぶんDのあたりだろう。見つかったらここに持ってきてよ。手続きするから」

わたしは礼を言い、保管場に足を踏み入れた。立ち並ぶ鉄骨はいずれも腐食が進み、千台は富士壺《ふじつぼ》に覆い尽くされたような状態だった。天井に連なる明かり窓の自然光が、あるかという自転車の無数の円と線を浮かび上がらせている。どれも例外なく車輪の下部が砂泥にめり込んでいた。

雑然と並ぶ自転車の列の間を歩いていく。男の言ったとおり、Dの表示の周囲にそれらしい自転車をあっさり見つけた。鍵を外して自転車を列から引きずり出すと、ハンドルを握って押していく。回転する車輪に汲み上げられた砂泥が、ホイールカバーにあたって霰《あられ》めいた音をたてる。

詰め所の前で自転車を停め、窓口に保険証と五千円を差し出した。

「最近は免許証を差し出す人が少なくなったよ」

書類をわたされたのでその場で記入し、サインをする。

「O型だろう」

「えっ？」

「字でわかるんだよ。めったに外さない」

自転車保管場を後にして、粘りのある砂泥の抵抗に苦労しながら自転車を押していく。道路が近づいて、停車したままのタクシーが目に入ってきた。かすかに怒鳴り声が聞こえてくる。まだ領収書のロールがはまらないらしい。

わたしはタクシーから少しでも離れようと、ハンドルを右にきって大きく弧を描きながら進んだ。

道路に辿り着くと、サドルにまたがってペダルを漕ぎはじめる。濡れたスラックスがふくらはぎにまとわりついてくる。チェーンからは胡麻《ごま》を擂るようなざらついた音が、車輪と地面の境目からはガムテープでも引き剝がすような粘りけのある音がする。

一時間近く自転車を漕いで、ようやく自宅のマンションが見えてくると、粘膜を針でつつくような刺激臭が漂ってきた。一瞬火事かと焦ったが、真っ白な煙はマンションの前から立ち昇っている。藤巻さんが、見知らぬ人たちと一緒に焚き火をしているのだ。

わたしは焚き火の前で自転車を停めた。煙立つ炎の中から、陶器の割れるような音がして、さらに煙の勢いが増した。

「藤巻さん、これは……」

「やあ。護摩《ごま》ですよ。龍の鱗を投じれば、石灰が採れますしな」そう言って噎せる。

「それはもう神々しいほど真っ白な石灰になるんだ。それを使って、少しでもマンションの補修に役立てようと思いましてな」

藤巻さんの背後に並んだ青いバケツには、鱗の中身が詰まっている。

わたしはマンション横の駐輪場に自転車を停めると、また戻ってきた。焚き火の炎の中では、鱗の殻が何十と積み重ねられていた。それらが少しずつ弾け割れては細かさを増していく。煙がひどく、目に沁みる。

「奥さんはいったいどこにいるの」

唐突な問いかけに振り向くと、親切な武田さんが立っていた。

「まさか妊娠して、実家に戻っているんじゃないでしょうね」

「いや、そんな。わたしに甲斐性《かいしょう》がなくて出て行ってしまったんです」そう言ってから、どうしてこの人に弁解しなければならないのかと腹が立ってきた。「あなたには関係ないでしょう」

「大いにあるわよ。あの人が出産するときには、ある約束を取り交わしているんだから」

「なにをです」

「わかるでしょう！」武田さんが大きく口を開く。ジッパーを思わせる整列した短い歯が覗く。「新鮮なうちじゃないと意味がないというのに。いまになって、惜しくなったんじゃないでしょうね。まさかもっと高いステージの人に――」

「ちょっと待ってください。本当に、なんのことを仰っているのか……」

「その約束をしたからこそ、低いステージの彼女でもわたしからミカエルを贈ってもらえたの。今の時代、最も大切なものはなにか、言わなくてもわかっているはずでしょう。心縁の恩を仇《あだ》で返すとはね」

がっ、と地面を蹴って踵を返し、マンションの中に入っていく。

「えらい剣幕でしたなぁ、武田さん」

「なにを怒ってらっしゃったのか……」

「たぶんあれですな。うちの娘の時と同じように、奥さんは出産後に胎盤を贈ることを約束しておられたのですよ」

「そんなもの……どうするんです」

「アンチエイジングに驚くべき効果があるそうですよ。武田さん、わたしより年上には見えんでしょう」

驚きのあまり返事ができなかった。

「ところで、奥さんがいなくなったって、本当ですか」

「お恥ずかしい話です。それもよく原因がわからないのですが」

「土屋さん、いよいよなにかに憑かれておるんじゃないのかなぁ。お顔にまで霊障が――」

突然自動ドアが開いて、再び武田さんが躍り出た。よりいっそう憤っている様子で、足取りが激しい。

「土屋さん、まだ微熱が引いとらんのでしょう。部屋に塩を撒いて除霊をしてから、ゆっくりお休みになった方がいい」

壁の補修を手伝うつもりだったが、藤巻さんの言葉に甘えることにした。エントランスホールの奥に進むと、ジャージ姿の馬奈木さんが、妙な唸り声をあげてエレベーターのボタンを痙攣的に押し続けていた。

「そんなことしたら壊れますよ」

「壊れてるんだ！」馬奈木さんはマスクを膨らませて叫んだ。「あのババァ」

どうやらこの故障のせいで、武田さんは出て行ったらしい。馬奈木さんもなにか言われたのだろう。

「電話はしてないんですか」

「そんな怖いもの、持ち歩くわけないだろ」

携帯電話を使うのは気が進まなかったが、仕方なかった。鞄の中の防護巾着《きんちゃく》から携帯電話を取り出し、裏返して鳥居のシールを確認してから、エレベーター横の壁に貼られた銀のステッカーの番号にかけてみた。

呼び出し音が続く。ずいぶんと待たされてから、「はい、どちらさま」と消え入りそうなほど弱々しい声が聞こえた。

「うちのマンションのエレベーターが故障したようです。型番を言いますね。一八六五――」

「ううもおおいきなりそんな呪文みたいな数字ばっかり言われたって困ります、誰もが会計士じゃないんですから！　なんでわたしにばかりそんなことを言うんです。なんでわたしにばっかり」

興奮した声に戸惑いながら、機械に仲立ちされた繋がりは人の心を蝕《むしば》む、という父の口癖を思い出した。

「あの、故障したときには、この番号にかけろって」

「かけたからって、わたしがなにかできるとお思いなんですか……どうして、どうして。皆でよってたかって罵倒して。訳のわからない難解な、わざと毎回順序を変えた英数字を浴びせかけて蔑んで。わたしがAB型だからですか」

「いえ、蔑んでるわけじゃないですよ。間違った番号にかけてしまったのならすみません」

「いえ、きっとあってます。あなたが電話をかけた。それがここに通じた。わたしはこの狭い部屋にいつだってひとり座って電話を待っているんですから。ですがよい知らせは届きません。どうしてわたしはこんな思いをしてまで買うのでしょう。何枚買っても叶《かな》わない。今までどれだけ費やしたのか想像もつかないほどです。国家ぐるみの詐欺というわけでしょう？　熱っぽくて苦しくても誰もあっ――また電話じゃないかっ――ううでもお願い、まだ切らないで。それに出ればわたしはまたきっと。せっかくあなたと……聞かせて。あなたのことをもっと。教えて。後生ですから――」

わたしはそこで電話を切った。

馬奈木さんは、ホールの片隅で頭を抱えて座り込んでいた。

わたしは藤巻さんに故障のことを告げてから、十八階を目指して階段を上りだした。こめかみの血管が疼くのは、電磁波のせいばかりではないのだろう。

九階まで上がったところで足が攣って動けなくなり、そのまま階段の踊り場で眠ってしまった。というより砂漠の中でみぞおちまで埋まっていた。ひどく喉が渇いて、顔中が燃えるようだった。あまりの痛痒さに肌を爪でかいてしまい、濡れた絆創膏のように次々と焼け爛れた薄皮が剝離した。誰かに呼びかけられているような気がしたが、熱で揺らぐ大気の向こうには何も見えない。

朝方にめざめて体を起こすと、膝のそばに円錐形の盛り塩があった。通りがかった誰かが置いたのだろう。這うようにして十八階まで上って部屋に入り、シャワーの湯で体の汚れを流す。顔面は耐え難いほどに沁みるため、濡れタオルで軽く拭うだけにした。しぶしぶ新しいタキシードをおろして着ようとしたときに、右足の小指の爪がないことに気がついた。痛みはなく、いつ剝離したのかもわからない。

「離婚式ができなくなったのは仕方ないが、そろそろ再婚を考えなければいかんな」

「相手あってのことですから」

「前の奥さんとは」

「連絡が取れないんですよ。披露宴の客席ではたまに見かけるのですが」

「うちのエキストラなのかね？」

「わかりません」

「ひとり婚のためのレポートはどうだ」

「あと少しで書き終わるところです。読みなおすと、まるで他人の話のようで――」

「どういうことなんだその顔は」

「みっともない姿で申し訳ありません。日焼けをしてしまって」

「今どきどこで焼くんだ。新しい自分になるからって、顔面ごと剝かなくとも。まるで白い仮面をかぶってるみたいで気味が悪いと、お客さんから苦情が来たんだがね。まあ、斑《まだら》になると余計にみっともないか」

「すみません」

「とりあえず、少し休暇を取りなさい。福利厚生で新しい療養施設と契約したんだが、評判が良いので行ってみるといい。毒素を全身から吸い出してくれるそうだ」

　意識が灯った。体を伸ばそうとするが、あらゆる方向から肌に吸いつくように全身を圧され、寸分も動かすことができない。小さな砂粒の集まりにすぎないのに、鉄の鋳型《いがた》のごとく不動なのだ。その不快感に苛立《いらだ》ちが募るが、やがて諦念が取って代わり、穏やかながら複雑な動きを見せる波のただ行きつ戻りつする様子をぼんやりと眺めるだけになる。

わたしは真っ直ぐに立った姿勢で、喉仏のあたりまで龍の砂に埋まっていた。

遠くの埠頭《ふとう》まで続く砂浜の上には、数えきれないほどの生首が突き出ている。その誰もが、長年に亘《わた》って体内に溜め込んできた毒を、龍の砂に吸い出してもらっているのだ。

不意に視界に大きなカラスの姿が入ってきた。水面近くを滑空するその姿を見つめたとたんに、海が凍りついたように動きを止める。

「はじめて。かな」

若い女の声がした。首を回して振り返ると、斜め後ろに湯上がりのように上気した顔があった。

「ええ。微熱が下がらなくて」

「そうなんだ。あ、首苦しいでしょ。気にせず前を向いてよ」

わたしは首をほぐしながら顔を海の方に戻した。

「漣が心地いいでしょ。わたし、子宮に大きな蟠りがあるんだけど――」

喉仏が膨張したように声帯が圧迫された。

「あ、ご心配なく。だいじょうぶだよ。ここへ来て二週間になるんだけど、随分いいんだ。このままならあとひと月で復職できるだろうって。病院に行っていたら怖いことされてとっくに地縛霊になってたね」

「確かに、わたしより声に張りがある」

「うん。悪い蟠りやその他の諸々《もろもろ》を、嫌なことも悲しいことも、なにもかも、この龍の砂が吸い取ってくれるから」

女はそれからしばらく自分の生い立ちを話した。そして、声を砂に吸い取られたように静かになった。まだわたしと話しているつもりなのか、ときおり相槌のような声を漏らす。眠っているのだろう。

暮れ始めた陽光の鋭さに、わたしは目を細めた。目の奥へ鋭利な光の結晶が万華鏡さながらに散らばって、視神経を疼かせる。頭の中に隠し事がないか探られているようだった。

わたしは眠っていると同時に起きていた。

濃い影が動いた気がした。振り向くと、さっき言葉を交わした女が、砂の中から引きずり出されているところだった。砂まみれの施療服姿のしなだれる様は、茹ですぎた春菊めいていた。

「おい、聞いたか。平熱が三十八度に引き上げられたって」

誰かがそう話すのを聞いた。

千羽びらき

これほどの安堵《あんど》に解きほぐされたのは初めてだった。あのときに似ている。真弓や博《ひろ》之《ゆき》を産み終えたあと、よりもむしろあの――

掛け布団のシーツは、すこし農薬みたいなにおいがする。そのつっぱった余所《よそ》よそしい質感に組み敷かれ、眠りに落ちかけている。もう落ちる、という間際に落ち、「どうしてこんな状態になるまで人間ドックで見つけられなかったのかとご不審にお思いでしょう」という声の網にすくわれ、ピエロみたいに大きすぎるパジャマ姿で揺れている。両親に一度だけ連れて行ってもらったサーカスのテントの中は空気が冷え冷えとして、暗い天蓋が怖くなるほど広く感じられ、ステージを行ったり来たりしていた一輪車に挟み込まれたようにいまは車椅子に座っている。

肘掛けの端に掌《てのひら》の窪《くぼ》みを押しつける。

これから主治医になるという初めてお会いした先生が、穏やかな口調で詳しく説明してくださっているところだ。四十歳くらいの若い先生で、髭《ひげ》の剃《そ》り跡が濃く青々としていて、長い剃り残しがまばらにある。もうすこし念入りに、夕方にも剃るようにすればずっと感じがよくなるだろうにと思いながら、この体じゅうが蟠《わだかま》っていて、かなり重篤な末期の状態にあるという話を聞いている。悲観せず、しっかりと受け止めるよう求められている。まずはなにをおいても蟠部《ばんぶ》の摘み取りです。そのあとはクスリで抑えていきましょう、と先生は言う。

首をひねろうとして頭が傾いていたのに気づいた。左隣でパイプ椅子に座るスーツ姿のあのひとと博之が、縦長の大きな画面に映る、煙が骨や内臓を象《かたど》ったようなレントゲン写真を凝視している。真弓は出入口近くに立って片手でブラウスの胸元をつかんだまま、天井を見上げたり窓の外の景色を眺めたりして、くせひとつない長い黒髪を揺らしている。先生に椅子を勧められたのに座ろうとしない。

「最善を尽くさせていただきます」という声に向き直ると、先生がしっかりとこちらを見据えていた。そんな強い眼差《まなざ》しをまともに受けるには目がしょぼつきすぎていて、机の端に置かれているカレンダーに逸《そ》らしてしまう。数字の並びをこれという理由もなくなぞりながら、なかなか済ませられないポイントカードの解約手続きを楢山《ならやま》さんから聞いた通りにもう一度おさらいしていると、わかるよ、といった感じであのひとに肩を軽く叩《たた》かれる。

「最善もなにも、こんなのありえんでしょう。半月前には、孫たちと一緒に龍巡りに出掛けていたくらいなんですよ」

早朝から博之たちの街に向かい、海岸から山にかけて横たわる龍の長大な体に沿って、一日がかりで歩いたのだった。孫たちが途中で音《ね》を上げたので、尾の先までは行きつけなかったけれど。

「お気持ちはわかります」

「本人はひどくだるいだけで、なんの痛みも感じてないんです。こんな急に、忽然《こつぜん》と現れたように。おかしいじゃないですか」

龍の澄んだ背《せ》せらぎが耳に心地よかった。

「お察しします」

「お察しって……」あのひとが憤りの生地をこねて抑え込もうとしているのがわかる。

「蟠っていると……見なされた気持ちをですか」

そんなことはもういいんです。いまはすこしでも早く休ませて欲しい。四角いフライパンの中で形を整えられる卵焼きみたいに、楽な姿勢を探して身をよじり続ける。

「父さん……母さんがつらそうだから。朝からずっと検査で憑《つ》かれているだろうし」

いつか雑誌の写真で見たカタコンベの骸骨のような姿勢になってしまうけれど、ここに運ばれる前よりずいぶん楽になった。あのときは巨大な磐《いわ》にのしかかられているようで、布団の中なのに粘土にめり込んだみたいに身動きができないまま、短大生の頃に一度だけ前後を失うほど飲み過ぎて地球が回りだして止まらなくなったあの感じに陥ったかと思うと、スライドを差し替える唐突さで視界のすべてがオレンジ色に一変して、真っ黒に一変して、回転して、回転して、敷布団がぐしょ濡《ぬ》れになるほど脱水されて体がひとまわりも萎《しな》びてしまい、真弓が病院に駆けつけるなり涙を流したのはその変わりようを見たせいらしかった。

目を開くと水を張ったように艶のある廊下を滑っていて戸惑う。説明が終わるまでに眠ってしまったらしい。漂流中の救命ボートを思わせる、項垂《うなだ》れた三人が座るソファ・ベンチが近づいてくる。すれ違いざまに真ん中の男のひとがこちらに顔を向け、なにか言いたげに口を開いて背後に流れていった。

「もうすぐベッドで横になれるからね」

後ろから博之の声がする。車椅子を押してくれている。

猫が憑いてる！――と曲がった背中を父に平手で打《ぶ》たれて体が跳ねるが、眠りかけて痙攣《けいれん》しただけだったらしい。父がここにいるわけがない。父は施靈院《せりょういん》にいて、決してめざめたりはしない。

「さむい？」と博之に言われ、首をふる。

「こういう映り込みの多いところにはよく潜んでいるから……」

真弓の声がしたと思うと、右上からあのひとのほりの深い顔がオーブンの中を覗《のぞ》くように下りてきて、「だいじょうぶか」と言う。

だいじょうぶですよ、と答える。自前の歯なのに、入れ歯のずれた声になる。

ふた呼吸ほどあとにまた横顔が近づいて、

「人間ドックなんか受けてたのか?」

ごめんなさい、言おうと思っていたんだけど。そうだ、伝えておかなければ。「まだ、誰にも言わないでくださいね」

「そうだろう」とあのひとが答える。「なにが、なにをおいても摘み取りです、だ」

「母さんは、まだ誰にも言わないで欲しいって言ってるんだよ」と博之が察してくれる。

相変わらずのひどい鼻声。何度言っても鼻うがいをしようとしない。

「あたりまえじゃないか。そんなこと、言うまでもないだろうに」

廊下が回って手すりのある白壁が正面にくる。と後ろに引っ張られ、空々しいほどに明るい大きなエレベーターの広い箱の中に収まる。さらにひとまわり体つきが縮んだように感じられる。左右から分厚い扉が閉まると、体のにおいが気になりだした。ほんのかすかだけど、ドイツのすっぱいパンみたいなにおい。大きなしゃっくりのように揺れてエレベーターが動きだし、階数表示の数字でここが二階だったと知る。

五階のスタッフステーション横にある、壁紙が下半分剝がれた廊下を押されて進む。

T字の点滴スタンドを錫杖《しやくじよう》のごとく構え立つ白いパジャマ姿の男のひとのそばを通り過ぎる。博之が鼻を啜《すす》る。突き当りを左に折れて、五〇二、五〇三を通り過ぎると、五〇五号室の前だった。

出入口から現れた看護師さんをあのひとが呼び止め、書類を手渡す。

「はい。川北《かわきた》さんですね」川北の所だけ囁《ささや》き声で言う。「こちらへどうぞ」

看護師さんが身を翻しかけたところで、「あの、どういうことですか」と真弓が強い口調で言った。「ここ、四階でしょう。しかも、四〇四号室だなんて」

「いえ、ここはご覧のとおり、五階の五〇五号室ですよ。うちの病院には、不吉な数字の病室はありませんから」

「四階の四〇四号室を五階の五〇五号室と呼んでるだけでしょう」

「そんなことはありません」看護師さんが助けを求めてあたりを見わたす。

「真弓、やめないか」

「もういいだろ、姉さん。母さんが苦しそうだから」いったん車椅子が動きかけるが、「待ちなさい」という一喝で止まり、車椅子の背凭《せもた》れになにかがあたる。ハンドルに荷物を掛けているらしい。

「お母さんは今日ここで寝泊まりするんだよ?」

スタッフステーションの奥の扉から胸板の厚い大柄な男のひとが出てくるのが見えた。

こちらに向かって歩いてくる。白衣をまとってはいるものの、医師には見えない。「なにかお困りでしょうか」と低く落ち着いた声でその場を窓口のブースに変えてしまう。

真弓は臆したかと思いきや、同じ話を男のひとにした。

「この病院は設計段階から神主さまのご助言を賜っておりまして、建てられた当初より、五階の五〇五号室となっております」

「他の部屋ではだめなんですか」

「あいにく空きがございませんで。ご意向に添えず申し訳ございません。除霊やお祓《はら》いは行っておりますので、ご安心してお入りください」

真弓はまだなにか言いたそうにしている。

「よろしゅうございますか」

博之は真弓に断らず車椅子を押しはじめた。

遠ざかっていく足音を聞きながら、父が警察を退職後、病院に勤めていたことを思いだした。お医者さんでもないのになにをするの？ と訊《き》いたら、ただじっと控えているだけだという。そんな楽な仕事があるのだろうかと思っていると、父は言った。おかしなひとが現れたときには父さんが出て行ってな、ちょちょいと相手をしてやるんだ。

五〇五号室に入ると、カーテンの仕切りが左右に二列、奥に三列並んでいる。ひとつめの仕切りを通り過ぎるとき、痰《たん》のにおいがした。右列のふたつめのカーテンを看護師さんが開く。足元にテーブルをわたした幅の狭い簡素なベッドと、テレビの載ったキャビネットがある。

看護師さんに言われるままベッドに手をつくと、手際よくお尻を持ち上げて車椅子からベッドに移してくれる。マットレスがずいぶんとかたい。背中を支えられながら、ぬれおかきのようにかたまった体をゆっくり伸ばして横たわる。「すこし頭をあげますね」ふっと頭が浮き、枕を整える音がして、下ろされる。後頭部を受けとめるやさしい感触に、こごった息が漏れる。

それから長いケーブルの先についた縄跳びの持ち手に似たものを掲げ見せてくれ、なにかあったらいつでも押してくださいね、と言い置き去っていった。

みんなが心配そうにこちらを見ている。眼鏡が重たい枷《かせ》のごとくわずらわしくなり、片手を上げて外そうとしていると、真弓がすっと取り上げてキャビネットに置いてくれた。とたんに頭が軽くなって、みんなの姿が繭にくるまれたようにぼやける。意識がマットレスのかたさの向こうへ沈んでいく。

これほどの安堵に解きほぐされたのは初めてだった。

溶けるチーズみたいに瞼《まぶた》が塞がってくる。

まだ眠っていないのに寝息が聞こえだし、そのリズムは龍の背せらぎみたいでとても心地よい。

母さん、あのときの顔してる。
どのとき。
よく部屋に取り込んだばかりのぽかぽか布団に——
ああ。覆いかぶさってそのまま眠ってたね。

……さかあと一カ月とは……そんなのクレーム回避のためにわざと短く言ってるの……でももし摘んだりすればそう……から絶対にだ……どうして病院なんか……施靈院なら三割負担ですんだでしょうに……夜遅くだったから……この市にはここしか総合病院が……こんな信じ合える相手のいない信じやすいひとが訪れるところ……病気をつくるところ……因果の掛け違いだって病気にでっちあ……めようよ……高俊《たかとし》くんも麻恵《あさえ》叔母さんも病院に頼らなければ……はずなのに——

おそくなってしまった。やって来る前に早くしないと。焦りながら、三角コーナーの生ゴミを小さめのビニール袋に封じ、さらに大きなゴミ袋にまとめ、手に提げて玄関を出る。自宅の左横に定められたゴミ置き場に歩いていく。よかった、まだ収集車は来ていない。混沌《こんとん》の透けたゴミ袋が犇《ひし》めきあっていて、それぞれ思い思いの方向にゆっくりと回転しながらなにやら話している。

「時間がかかって大変だったんだ。どうしても着替えさせて欲しいって言うから――」

「びっくりしたよ。二時間もかかったんだって？」

「命と着替えとどっちが大切なんだと言ったんだけど、きかないんだ。やっと脱いだと思ったら体まで拭きはじめるし」

――仕方ないじゃない。三日間ずっと動けなくて風呂にも入れず着たきり雀《すずめ》だったんだから……病院に行けば、見窄《みすぼ》らしいばかりか垢《あか》まみれの体をひとの目にさらすことになるというのに――そう訴えたい気持ちに背中を押されてシーツの波間に浮き上がり、生ゴミを棄《す》てに行ったのが夢だったと知る。でも三角コーナーが生ゴミでいっぱいなのは夢じゃない。

「車まで抱えていってやったんだが、あんまり軽くって驚いたよ」

「三十五キロだなんて以前の半分近くじゃない……あんなにふくよかで健康そうだったのに」真弓が涙声を膨らませていき、破裂させるように言った。「一緒に住んでて、こんなになるまで気づかないなんて」

臓器がどういう働きをするのかをろくに知らなかった。そうやって顧みられなかった臓器が大きく蟠っている。自分を成り立たせてくれているものがよくわからない。いつだって生きていることとの蚊帳の外にいる。

「そ……おまえは子供を産んでないからだ。いつになったら――」

「意味わからない。いまそのことは関係ないでしょう」

「ふたりともこんなときに」

「わたしがお母さんを見て、どれだけびっくりしたと思う？　おかしいでしょう」

「毎日顔を見ているからこそわからんこともある」

「こんなに急に白髪だらけになって？　そんなだからいつまでも縁まわりが低いの」

「おまえはどれほど前から家に来てなかったと思っとるんだ。一夜にして変わったわけじゃない」

そう。ここ二カ月ばかりは、髪を染める気力も体力もなかった。

「おかあさん、牡牛座のO型だろう。おっとりしていて、なんにも言おうとしないからな」仕切りなおすようにあのひとが言う。「数日ほど前から、憑かれているのかなと気にはなっていたんだが」

「どうせまた次の開店のことで頭がいっぱいだったんでしょ」

真弓の声に、もう怒気はこもっていない。

元々憑かれやすいたちでよく客間で横になっていたから、ここまで重い病気だとは思わなかったんでしょう。本人だって、ちょっと憑かれているだけ。すぐに良くなるだろうって思っていた。

――みなさんよくそうおっしゃいます。いつから階段を上れなくなりましたか。

確か、十日ほど前から。

体がだるくて二階に上がれず、客間の布団で横になってポイントカードの解約手続きについて考えているうちにうとうとしていると、「あれ。これは……リストにふたつしかチェックが入ってない……とっくに終わったものだと思っていたのに」とあのひとの声が聞こえ、穴に吸い込まれるように我に返った。

お礼状——テーブルの上に広げたままにしていた。ずいぶんと溜《た》め込んでしまっている。いまやりますから、と言ったものの骨が抜けたように動けなくて、そのまま眠りに呑《の》まれてしまう。

渇きで喉が引き攣《つ》れて目がさめる。天井のシーリングライトの白くて丸いカバーに、胡麻《ごま》を撒いたように羽虫の死骸の影が見える。いままで気づかなかった。

眠ったおかげでずいぶん楽になった。

襖《ふすま》を開けて居間に入ると、ゴミ箱の周りに丸めた紙が転がっていた。開いてみれば、要素のばらけた漢字らしきものが乱れた線で書かれている。「謹啓　浅暖の候、貴社におかれましては」と書こうとしたのだとわかった。字が下手すぎるからと言って婚姻届の署名を見せてくれなかったことを思い出す。

隣のキッチンでは、シンクの中の汚れた食器や三角コーナーの生ゴミが山盛りになっていて胃が重くなる。水道水の怖さも忘れて蛇口の水をじかに飲んで喉を潤し、大量の食器を洗いはじめたものの、途中で立っていられなくなって硝子戸《ガラスど》の格子に泡まみれの両手でつかまり、もつれた足で布団に戻った。鯖《さば》の頭が覗いていた三角コーナーの生ゴミだけでも棄てておきたかったが、そのまま病院に運ばれることになる日まで起き上がれなかった。襖の向こうに気配を感じるたびに、体の様子がおかしいことを伝えようとしたが、うまくいかない。どうすれば気持ちの伝え方がうまくなるのかを、ずっと、何十年も考え続けてきたような気がする。

「どうして黙っていたんだ。なんで早く言わなかった」

枕元に吐いたものは言葉よりも雄弁だった。

巷《ちまた》では思考盗聴が問題になっていて、それを防ぐいろんなグッズが売られているけれど、むしろ思考盗聴をして欲しいくらい。孫と一緒に行った七夕まつりでは、これ以上お店が増えませんように、と短冊に書いてみた。よい字だなあ、とあのひとは言う。おまえが書道の段持ちで助かるよ、やっぱり手書きでなければ伝わらないから、といつも喜んでくれる。でも膨大な数の年賀状やお礼状を手書きでこなすには時間がいくらあっても足りなくて、孫に頼まれた手袋もなかなか編みあがらない。経営はかなり苦しいようなのになぜお店を増やすのだろう。

——銀行の意向もありますから。いろいろと大変でしょうね。

「実は今度が最後の店になるんだ」と聞いてほっとしていると、お客様からの電話で新店に気づくことになる。

「あの抹茶ロールケーキはいまひとつでしたね」

パティスリー川北では、よりよいロールケーキを作るためにお客様のご意見を募っていて、そういった電話はすべてこの家に転送されてくる。声を書きとったお客様ノートは二十六冊目になった。

「ほんとに、びっくりするくらいおいしくって」「値段に値する味かと言われれば、うなずけません」「お誕生日ケーキ、ロウソクを忘れられて悲しかったです」「ロールケーキは、甘みのバランスの極端なところが好きです」「昨日三つ巴《みどもえ》クッキーを買ったんだけど、この味はちょっとパス」「甘すぎない大人の味で、すっごくおいしいです」「どうして交換できないの。僕はできないって言葉、嫌いなんです」「クセがありすぎて、だめなひとはだめでしょう」「カス。食べる価値なし。やる気なしのやっつけ仕事」「前にあった三つ巴クッキー、どうしてなくなったんでしょう。とても好きでした」「ふわふわクリームがおいしすぎます！」「おきれいなスイーツを売って、幸福な甘い生活ですか」「あともう二分焼けば、ぐっとおいしくなると思うんですよ」「おいしい」「雑誌ですごく評価されてたので買ったけども、我慢して最後まで食べきるのが苦痛でしょうがなかった」

――そういう言葉は、健康への悪影響があったでしょうね。

言いたいことだけ言って切ってしまうひともいれば、予《あらかじ》め用意してある型《かた》にこちらがすっぽり収まって焼きあがるまで納得しないひともいる。けれど察しの悪い見当違いの受け答えしかできずに相手を怒らせてしまい、その苦情を聞くことになってまた怒らせてしまう。怒りが鎮まらず、何度も何度もかけてくるひとがいる。忌み言葉を言い放って切るひとがいる。なにも言わないひとがいる。名前を言え、おまえの名前はなんだと執拗《しつよう》に知りたがるひとがいる。ときには下着の色をどうしても教えて欲しいと懇願するひとまでいる。声だけは若く聞こえるらしい。おばあちゃんですよ、と言っても信じてもらえないこともあれば、むしろ喜ばれてしまう場合もある。息子だと言い張ってお金を無心するひともいれば、この世界にひとりっきりでどうしようもなく寂しいと泣きながら訴えるひともいる。いつもはなるべく無心に話を聞いてさしあげるだけだけど、一度だけ、どうしても抑えきれずに声を荒らげてしまったことがある。

「おたくのご自慢のロールケーキね。中に猫の毛が混ざっていて――」

「うちは猫なんて飼ってません！　飼えないんです！　飼えるならどれだけいいか！」

喚《わめ》いているうちに電話は切れてしまったけれど、それでも気持ちが収まらずに受話器に向かって喚き続けて、そのあと一週間近く寝込んだ。

「一週間も？」

「入院する前の話でしょ。今日が三日目と聞いたもの」

そんな風に頼りなくともこれまで生きてこられたのは、その分あのひとがしっかりしてくれているおかげで、とても感謝しているんです。

「ほんとそうよ。あなたはほんとに恵まれとるわね。博一《ひろかず》くん、あんたのために一生懸命だもの」

「優しいし、働き者だし。この時代に専業主婦でいられることなんてないもの。いつも羨《うらや》ましくて」

「ずっと眠り続けているって聞いてたけど、もう起きていて大丈夫なの?」

ずっと眠り続けていたわけじゃないんですよ。ときおり意識が灯《とも》ると、そばにはあのひとだったり、博之だったり真弓だったり、姉さんもいたような気がする。とにかく家族の誰かが座っていて、でも眼鏡を外しているから、ちょうどあなたがた幽霊のようにぼやけていて。

「無理して喋《しゃべ》らなくてもいいからね」

「そうよ。みんなわかってるから。ね、美奈子《みなこ》さん」

いったい何人いるんだろう。たくさんの幽霊に取り囲まれている。名前を知られている。しおれた花のにおいがする。

「美奈子さん、こんなに痩せてしまって……」「髪の毛も真っ白だよ。ずいぶん変わり果ててしまって。かわいそうになあ」「ほんとに不憫《ふびん》だよ」「岸向こうで綺麗《きれい》な幸福の花を見かけてたくさん摘んできたんですけど、病院には持ち込めないんですってね」

岸向こうから。やはりご先祖の方々なのだろう。

「あとで博一くんに持って帰ってもらえばいい「たいへんでしたね。がんばりましょうね「痛みがないのは幸いでしたよ「胆嚢《たんのう》洗浄なさらなかったのかな。前に教えてあげた「抗蟠剤《こうばんざい》だけはやめなよ。全身の骨が真っ黒焦げになるほどきつい劇薬だから「蟠りのつらさは、すべて鬼門セラピーの副作用だっていうものな「そもそもどうして病院なんかに。セカンドオピニオンしないと「そう、セカンドオピニオンこそが大事だから」

ご先祖様が互いの体をすり抜けて次々と傍らに立っては、言葉をかけてくれる。手を握ってくれたりもする。

「美奈子さんのお父さん、まだ幽体離脱したままなんでしょう?「もう五年になるそうだ」

「ねえ、せっかくだから、美奈子さんと一緒にみんなで撮りましょうよ」

目映《まばゆ》い光に瞼を閉じる。目の奥にぼんやりとした白い光が残ってじわりじわりと様々な国の形に変わっていく。

「ずっと眠り続けてるんだね。やっぱり、告知のショックが大きすぎたんだろうな」

博之の声だ。博之はひとりごとは言わない。真弓といるのだろうか。溶けた飴玉《あめだま》をくるむ包み紙のように瞼が開かない。

「昨日わたしが帰ったあとに」真弓でよかった。「親戚がたくさんお見舞いにきてくれたらしいの。その間は起きていたみたい。ほら、幸江《さちえ》さんが送ってくれた写真」

それは心霊写真ですよ。あれはご先祖様の幽霊だった。あのひとは黙っていると言ったのだから。あんなにたくさんの親戚が訪れるわけがない。あんなに詳しく病状のことを知っているわけがない。まだあなたたちしか知らないのだから。

「こんなに大勢？　幸江さんと板橋のおばさんしかわからないや。母さん、家族以外に知られるのを嫌がっていたのに」

博之が溜息《ためいき》をついて鼻を啜る。いまはなんの花粉だろう。

「血縁より心縁《しんえん》とはいっても、やっぱりみんな心配なんでしょう」

「母さんの顔、幽霊みたいに青白くなって」

「あのときのこと、急に思い出した」

「あのときって？」

「お母さんが幽霊になって、夜の町内を彷徨《さまよ》い歩いたことがあったじゃない」

「おぼえてないんだって。お店がまだ三店目の頃なんでしょ？」

そう。博之はまだ三歳で、あのひとは新店の立地探しに出かけていて、帰らない日だった。

「永遠に戻ってこないかと思って、ほんとに怖かったの。とんでもないこと言ってしまったって。世界の終わりみたいな気分だった」

真弓がそんなに怖い思いをしていただなんて、あのときは思いもしなかった。誰もいない夜の住宅街を歩きまわるのはとても心地よいものだったから。半月が出ていて、あちこちに昼間は見たことのない猫たちがいて――

「外に探しに出たんだけど、暗い通りの向こうに幽霊がぼうっと浮かび上がって心臓が止まるかと思った。街灯に照らされたネグリジェ姿のお母さんだったんだけど。お母さん、裸足《はだし》だった」

真弓が泣きながら抱きついてきた瞬間の、赤ん坊が乳首に吸いついてくるような強い腕の力がいまでも蘇《よみがえ》ってくる。濡れた瞼が、波が引いたばかりの砂浜に埋まる貝殻のようで、子供の頃の自分がそういった貝殻やビーチグラスを並べて手の届かなかったピアノの鍵盤代わりに弾いたことを思い出し、というよりずっと思い出し続けていたのだと知って、その前に起きたことが腑《ふ》に落ちた。

「もう行きたくない」「わたし一度だってピアノを習いたいなんて言ってない」「お母さんなんかいらない」「出て行って」「出て行け！」

尖《とが》ったその声が、現世との間を繋《つな》ぐピアノ線を断ち切ってくれた気がして、それをずっと待ち望んでいた気がして、裏口から滑り出て夜の町を歩きだしていた。

「次の日学校に行ったら、幽霊を見たって真っ白な顔で話している男の子がいてさ。うちのお母さんだとばれるんじゃないかってドキドキして」

　そのあとも、ネグリジェ姿で夜の町を歩く幽霊の噂《うわさ》は絶えなかった。週に一度くらいは目にしたという人が現れるので、道端や塀の上には塩の山が並び、ついには浄霊《じようれい》のために町内会で密教僧をお呼びすることになった。

「そうそう。母さんにポエムを買ってきてほしいって言われたんだけどさ」

「ぽえむ」真弓が声をあげて笑った。

「びっくりしたよ。これから思春期なのかって」

　ふたりして笑いの息を吹き出しながら喋っている。幼い頃みたいに。

「でも書店ってなかなかないもんだね」

「そりゃそうよ。赤の他人の書いた言葉なんて、危なくて読んでられないもの」

「うん。縁を頼ってやっと隣町に古書店を見つけたんだけど、そんなコーナーないしさ。おまけに翻訳ものだから」

「なんてひとの本なの？」

「ええと、誰だったかな……」

　誰でもないと書いたひとだから、それでいい。

気に入った本というのは、いつだって手元からなくなってしまう。

尚子《なおこ》との七時の約束にはとうてい間に合いそうになかったので、前にふたりで行ったことのあるアイリッシュ・パブで九時に落ち合うことになった。なんとか駆けつけたのに尚子の姿はなく、雑誌でも読んで待っていようと入った向かいの本屋さんのひと気のない棚でなんとなく手に取ったのがその誰でもないひとの詩集だった。気がつくと尚子が傍らにいて申し訳なさそうな顔で両手を合わせていた。なにを謝られているのかがわからなかった。聞けば、八時過ぎに急遽《きゅうきょ》旦那さんと合流することになって、軽く腹ごしらえするつもりで入ったスパニッシュ・レストランが「ここはレストランテでございますから」と頑《かたく》なにアラカルトの注文を拒み、コース料理をゆっくりたっぷりと食べるはめになって約束に二時間近く遅れてしまったのだという。そんなに経《た》っていたのかと驚いていると、「ほんとにごめん」とまた尚子が謝り、「レストランテでございますから」と結婚して間もない尚子の旦那さんがシェフの真似《まね》をし、その隣でケーキの箱を手に提げた背の高い見知らぬ男のひとが、あのひとが、苦々しそうに笑っていた。額がやけに丸みを帯びていて、ずいぶん髪の濃いひとだなと思った。あのひとの勤める洋菓子の坂田《さかた》のグリーンインテリアを尚子の旦那さんが請け負っていて知り合ったのだという。

何年かぶりに本を買った。

パブではみんなにつられて黒ビールを頼んでみたけど灰汁《あく》のように苦くて全部飲み切

る前に慌ただしく帰る時間になって、でも子供の頃に袋入りのカレールーをチョコレートだと思い込んでお義母《かあ》さんが止めるのもきかずに齧《かじ》ったというあのひとの話はよくおぼえている。それくらいチョコレートに恋い焦がれていたのだという。別れ際に、残りものなんだけどよければ、とケーキの箱をわたされた。箱を持つ指が、とても長くてしなやかだった。その場で中を覗いてみると、表面にうっすら砂糖をまぶしたショコラロールケーキが斜め向きに収まっていた。スポンジが乾いちゃったな、とあのひとは言った。また今度しっとりしたのを食べてよ。でも、もう会うことはないのだろうという気がした。なのに尚子夫婦と会う度にケーキを携えたあのひとがいて、そのうちふたりだけで会うようになったけれど、その度にもう会うことはないのだろうという気がして、離れるのが怖くなった。

結婚することになって、学生の頃から五年住んだワンルームマンションを片づけ、持っていく大切な本と手放す本とを分けて紐《ひも》で結わえ、「必要」「不要」とそれぞれ書いた紙を貼ってあのひとにもそう伝えたのだけれど、新居の賃貸マンションで荷物をほどいてみるとどちらもなくなっていた。

ない、ない、とわたしは何度も何度も確かめた。

学級図書の数段の棚にまばらに並んだ本を、右から左へ、左から右へと繰り返し確かめたけど見つからなかった。表紙に大きな赤鬼の絵が描かれた日本の民話の本で、校庭を駆け回りたくなるくらい面白かったのだ。教室のみんなに読んでもらいたくて貸し出せるようにしたのだけど、どこにもなかった。なくなってしまった。

「いったいどうしたの、そんなに慌てて」

松山《まつやま》先生が声をかけてくれたので説明すると、学級会で取り上げてくれた。

そんな大切な本ならどうして学校に持ってくるんですか！　という男の子がいたが、そりゃあ、みんなに読んでほしかったからに決まっているじゃないの、と先生がかばってくれ、さあ、誰がやったの、という呼びかけに、みんなの目が自然と肘や膝が黒ずんでいて給食費を払っていない池内《いけうち》さんに集まった。

あなたね、と先生が溜息混じりに言い、ごめんなさい、と池内さんは素直に謝った。本はどこにあるの、と問われて、なくしてしまった、ほんとうにごめんなさい。と醜くなるほど泣いて謝ってくれたので、気持ちは収まらなかったけど「もういいよ」と諦めて家に帰ると、家の本棚の端の方に赤鬼の本が挟まっていた。しばらくその前に立っていたけど、引っぱり出してカッターナイフで本の頁《ページ》を繋ぐ糸を切ってばらばらにし、大根の千切りのように細かく念入りに刻んで、毎日すこしずつ捨てた。捨てきれば池内さんのことを忘れられるかと思ったけれど、余計に許せなくなった。

あのひとは、引っ越し屋さんが間違ったんじゃないかな。悪かったね。また買ってあげるよ、と気遣ってくれたが、その気持ちだけで充分よと答えた。新しい生活が始まるのだから、新しい本との出会いを楽しみにすることにしようと思った。羽根のある生き物が魂にとまって、言葉なく歌っていたから。

新しい生活でわかったのは、あのひとは清々《すがすが》しいほど物に未練や執着がないということだった。ないことはあることよりも豊かだとあの詩集には書いてあったけれど。

「ひとの物でもおかまいなしだからね。教科書や参考書が見つからなくて、どれだけ部屋中を探しまわったことか」

それは、丁寧に時間をかけてつくったロールケーキが、一瞬でひとの胃袋に溶け消えてしまうことを喜ぶ潔さとも響きあっているのかもしれない。

「潔さとはちょっと違うんじゃないかな」

賃貸マンションに移ってから一年くらいであのひとは洋菓子の坂田を辞め、念願だった自分のお店、パティスリー川北を開いた。接客のお手伝いでお店に入っていると、読んでいる途中の小説と同じものをお店の子が持っていて嬉《うれ》しくなって、あなたも好きなのと訊いたら、オーナーがくださったんですと言って——

ベッドの向こうで頭にフードをかぶったボクサーみたいな人影が動いていた。カーテン上部の網になった所に両手を伸ばしている。そのまま上体を左に傾けて指先を動かす。なにかを結わえているらしい。手の陰からそれが覗いて——目が合って、背筋がさざなみ立つ。眼球――

急に振り向いて「起こしちゃった？」と真弓の声で言う。この子も花粉症になったのだろうか、水泳に使うようなゴーグルを顔につけていて、そのせいで広くて丸い額が余計に目立っている。「時計回りに天眼石を結んでいってるの。うまく並べないと干渉が起きてしまうから。さて、あとひとつ」

石――茶色と黒の縞模様《しまもよう》で、木星のようにも見える。

「気にしないで。寝すぎなんだから」鼻の根元が痛い。眼鏡をかけたまま寝てしまったらしい。ベッドの左横に並ぶスツールの端に、パティスリー川北の紙袋が置かれている。

「ねえ、いつのまに博之は帰ったの」

「まだ寝ぼけてるんじゃない？　今日はわたしひとりだよ」

真弓が息をゆっくり吐きながらスツールのひとつに座った。紙袋がおきあがりこぼしみたいに揺れる。

「そう……今日はやけに嬉しそうね。すごく力が張《みなぎ》っている感じ」

「へえ、ロクが効くのね」うなずきながらこちらを見る。「実は心縁の繋がりでね、貴重なものを御裾《おすそ》分《わ》け頂いたところなの。いつかお母さんにも食べさせてあげられるといいんだけど」

上顎骨、上顎骨、顎関節、上顎骨――と唱えるような声が響きだし、真弓が顎をあげた。向かいの奥の、いつもカーテンの閉まっている仕切りからだ。ときおり聞こえてくる。

「やっぱりここは、よくないな」と真弓は首の後ろに手を回して、胸元からネックレスを引き出した。どこかオスカー像に似た紫水晶が逆向きに吊《つ》り下がっている。「これがお守りになるから、いつも身につけていて」と首に掛けてくれる。

「ありがとう」

〝顎骨、顎骨、上顎骨、そわか――〟

真弓がフードをつかんで前に引っ張る。

「あなた、なんだかズボンがもこもこしてるね」

「下のチャクラが弱いもんだから、重ね着してるの」

「そう」

「これでも古橋《ふるはし》さんが念入りにチャクラ調整をしてくださってるんだけどね」

「ごめんね。おかあさん、こんな病気になってしまって」

話についていけなくなると、とりあえず謝りたくなってしまう。

「だめじゃない、そんな波長の悪い言葉を使っちゃ。疒《やまいだれ》なんか取って、丙気《へいき》って言わないと。そうすれば平気になってくるでしょう？」

「ああ、そうだったね。そうだった」わかっていたのだけど、なかなか口が忘れてくれない。何度も話したでしょう、と責めたりしないのは真弓の優しいところだ。「じゃあここは丙院なのね」

「うーん……ほんとは疒を外すには相応《ふさわ》しくないところなんだけど……でも、お母さんの体のためには、なるべくそうした方がいいのは確かね。あと、蟠りって呼ぶのも実は……」

〝んう、ぅんっ、ぅぅうん〟

左隣の仕切りから、男のひとが喉をころがす青い音がする。

「早く、ここから出ないと」と真弓が呟《つぶや》いた。

〝あさにし……まさ……〟

「でもね、真弓。いまおかあさんはここ何十年となかったほど心安らかだから。ようやく渦から……いまここで何不自由なく休ませてもらえることを、あのひとに感謝してる」

真弓が水をすくって飲むように両手を顔に近づけ、覆って、泣きだした。

「こんなひどい所を心安らかだと感じるなんて……お母さん、これまでどれだけつらい思いをしてきたの」

かけてあげられる言葉が見つからなかった。あんまり号泣するものだから、そのままではゴーグルが涙でいっぱいになるだろうに、と心配になる。

「ごめんなさい、これまで、ろくに帰ってこれなくて」

「仕方ないじゃない。遠いところなんだから。今日だって大変だったろうに」

真弓は鼻を啜りつつ腹式呼吸を繰り返し、しだいに落ち着いてきたようだった。

「確かに距離も遠いんだけど、それより、うちの町って次元上昇《アセンション》したじゃない？　だから、低次との皮膜をくぐるときがちょっとね。負の力が一気に押し寄せてくるもんだから気力を消耗して。でも、お母さんにはいつだって会いたいし」と肩掛けのバッグの中を探る。「特に今日は渡したいものがあったから。アクァにね――」

「水のこと？」

「水は水だけどそうじゃなくて、漢字で閼伽水《アクア》」バッグから出てきたのはラベルのない茶色の小瓶だった。「ごめんなさい、つい高次の言い方をしちゃって。龍の水って言った方がわかりやすいかな。でも、この街には龍がいないから――」

「それならわかる。博之の家にもあったわよ」

「それを使ってね、愈水《ゆすい》を作ってきたの」

「ああ、愈水。楢山さんがよく話してる。すごく効くんだってね」

伸ばしかけた左手の甲に点滴の管が繋がっているのに気づいて、右手で受け取る。

「これを、飲むの」

真弓がうなずく。ストッパーを抜いて瓶に口をつけると、ぬるくて柔らかい水が流れ込んできて、苦い唾の溜まっていた口の中をすすいでくれる。

〝あんたじゃ嫌だよ。A型のひとに持ってきてほしいんだよ〟

向かいのベッドからだ。

〝わたしA型なんですよ？〟

〝あんたはO型だよ。あたしにゃわかるんだ。A型のひとじゃないとだめだよ〟

「口にあわなかった？」

「ううん。とてもおいしい」

「よかった。ハイドラスティスといって、ネイティブアメリカンが体から離れかけた魂を戻すために使った植物なんだけど、そのエキスを混ぜて三日がかりで希釈振盪《しんとう》して作ったの」

「うん。うん。ありがとう。そんなに時間をかけてくれて」

「ほんとは龍の息も持ってきてあげたかったんだけど、抽出に時間がかかるから間に合わなくて。いまお世話になっているひとにもお母さんのことを相談しているんだけど」

「あ、よく話してくれた武田さんね？」

「違う違う。あのひとのことはもういいの」そう言って、周囲に並んだ天眼石を満足げに見わたす。「とてもお忙しい方なんだけど、力になってくれそうだから」

瓶底に残った愈水を飲み干していると、看護師さんが丙院食の載ったトレイを手に入ってきて、足元にかかるテーブルへ載せてくれた。

五穀米のご飯に、鰆《さわら》の塩焼きと、豚汁？　ほうれん草のお浸しに、市販のカップヨーグルト。ヨーグルトを食べたかったので嬉しい。

看護師さんがカーテンの向こうに消えるなり、「ちょっと待ってね」と真弓が白いビニール袋と割り箸を取り出し、豚汁から豚肉をつまんで袋に除《の》けはじめた。

「だめなの？」

「四つ足のものは、ね」

それが終わると、カップヨーグルトが宙に浮かんで、

「それもっ？　楽しみにしてたのに」

ビニール袋の中に消えた。

「なに言ってるのお母さん。牛乳は人間が食べるようにはできてないの」

「そりゃあ……だいぶ前から牛乳は飲んでないけど」

「ヨーグルトがなにから作られると思ってるの」

「そうだけど」

「あっ、大事なものを忘れるところだった」

スツールに置かれた紙袋から広口瓶を取り出すと、蓋をひねり開け、お箸で飴色のジャムに似たねっとりしたものをお茶碗《ちゃわん》に落としていく。ミカエルだ。五穀米が見えなく

なった。

「よくかき混ぜて周波数を合わせれば、よりよい効果が得られるから。紙袋にはあと三瓶あるし、遠慮なく使ってちょうだい。最近は偽ミカエルが巷に多く出回っているから、安易にお店なんかで買わないでね。また持ってきてあげるから」

足先の向こうのカーテンが膨んで莢《さや》から豆が現れるようにあのひとの顔が現れる。

「おお真弓。来てたのか。ミカエル持ってきてくれたんだな」茶碗の上を見つめてうなずき、スーツの内ポケットから封筒を取り出す。「ありがとうな。これ、少ないけど」

「いいよそんなの」

「気持ちだけだから」

「いいって」

「もらってくれ」

「そう言うなら……」

心縁の心尽くしへのお礼は三度勧めるのが決まりのようなのに、そういう決まりがあると口にするのは非礼にあたるらしくて、未《いま》だにほんとうのところはわからない。

「いつここから出すの」真弓の声が低くなった。「この部屋は座標がよくないから。お茶に茶柱も立たない」

「やってるよ。動き出してしまうと、止めるにはあれこれと手続きがややこしくてな。

やっぱり最初が肝心だったと反省してる」

向かい合ったふたりの横顔の輪郭はよく似ている。特に気持ちのよい弧を描く広い額。間に聖杯が浮かびあがってきそうだと思いながらミカエルと五穀米をお箸でかき混ぜる。水飴みたいに重い。


瞼を開いていくにつれ仕切りカーテンが開いていき、博之が胸に美《ふみ》を抱いて現れた。ポロシャツとジーンズの私服姿。今日は休日らしい。すこしくたびれているように見える。

「母さん、肌に張りが戻ってきたね」

手元のスイッチを押し、ベッドを起こす。

「おかげさまで。せっかくのお休みの日なのに、ごめんなさいね」

「子供たちを連れてきたくてさ」

硝子の小さな破片のように、美の足指の爪が光る。博之が屈《かが》んで、美の笑顔を近づけてくれた。

「あら、美ちゃん、かわいいわねえ」

苦労していたようだけど、ふたり目ができてほんとうによかった。

「ふたりとも、母さんに名づけてもらってよかったよ」

内側から光っているような、はち切れんばかりの頬に指で触れていると、「ばーば！」と声がする。わずかに開いたカーテンから、小首を傾《かし》げた小さな顔が覗いている。

「真《まこと》ちゃん、よくきたねえ。はやくおはいり」

早足で入ってきたかと思うと、博之の後ろにすばやく隠れてしまう。以前から照れ屋だった。大きな扇子が開くように体を傾けて覗かせ、包装紙に包まれた傘を思わせる長いものを掲げた。軽く飛び上がって着地する。

「ばーば、おみまげ！」

「おみまいだろ」

「まあ、ありがとう。なんだろうねえ。真ちゃん、ベッドに座って、これをばーばに開けて見せてちょうだい」

「はーいはい」真がベッドの端に座ってプレゼントを太腿《ふともも》の上にのせた。襟足が車の轍《わだち》みたいだ。足を交互に振って包装紙を破りだす。淡い色の骨、が覗いたかとどきりとする。もっと長いものだ。

「おまえ、もうすこし綺麗に……」

ベートーベン！　と言いながら両手を大きく上下させてでたらめに破りだす。紙が大きくめくれていき、仙人が持つようなねじくれた杖《つえ》が露《あら》わになって、どう言えばいいのかわからない。

「藜《あかざ》の杖だよ。俺はアルミ製のにするつもりだったんだけどさ。どうしても真がこれじゃないとだめだって聞かなくて」

「まあ、そう」手にとってみるとずいぶん軽い。手の甲に点滴の針の固い輪郭がにわかに現れてまた消える。「そんなに一生懸命に選んでくれたんだねえ」

　真は顔を合わせず、自分の靴のつま先を見つめながらうんうんうなずいている。

「大切に使わせてもらうからね」

　うなずきのリズムを刻んでいる。

「真ちゃんは、今日はなにをしたの」

「にぇ！」と片手を上げてこちらを向く。

　なあに？　と訊き返す。

「今日はうちの贄日《にえび》だったから」

「ああ、贄って言ったのか」

「龍はすっごくおっきい」

「大きいねえ。龍のいる街でよかったね。たくさん投げた？」

「僕は十！」

「八個だったろうが」

　えへふ、と美が笑い声をあげる。右手のカーテンの上の方に目を向けている。天眼石と見つめ合っている。

「ばーば、歴史クイズだして」

「歴史クイズねえ。なにがいいだろう。もう習ってるかな」

「こいつ いま歴史に夢中で、上の学年の教科書まで読んでるから。勉強し過ぎるとばかになるぞって言ってるんだけど」

「そうなの。じゃあ、江戸時代の身分はなーんだ」

「はいっ！　武士と百姓と町人」

「ぶぶー。士農工商じゃない」

「なにそれー」

「母さん、間違ったこと教えないでくれよ」

「どうして。博之も習ったでしょうに」

えへへ。

「習ってないよ。まあ、昔は作られた歴史が多かったとは聞くけど」

「博之の頃から？　歴史は変わっていくんだねえ。じゃあ、鎌倉幕府はいつできましたか」

「一一八五年！」

ぶぶー、と言おうとしたら、「正解」と博之が言う。

「じゃあ、次は僕がクイズ出す！　ばーばが答えて」と真が身を乗りだして笑顔を近づける。

「世界共栄運動が始まったの、いーつ？」

「ええと、それは……」

「あめのしたをおおいていえにせむだよう。ばーばだめだねー。もうクイズいいや。ばーばにおちゅーしゃしていーい？」と小さな人差し指を腕にあててきて、

「チクッとしますよ」と看護師さんの声。

注射針に皮膚を貫かれる感覚が遠い。血が抜かれていく。子供の頃には痛みと恐怖で泣き叫んでいたのに。尚子にピアスを勧められても決心がつかなかったけど、いまならできるかもしれない。

遠いうずきはしばらく残った。でもその瞬間にはなにも感じなかった。白地に大きな黒斑のある綺麗な毛並みの子猫が、すっぱいにおいのするゴミ箱の傍らに隠れるように座っていて、近寄って屈むと、膝小僧に顔を擦《こす》りつけてくるのがたまらないほど愛らしく、喉を撫《な》でようとしたら指を噛《か》んだのだ。切符にハサミを入れるように——家では、というよりあの町では猫を飼えなかったので、家の裏側の壁とブロック塀との狭く湿った隙間に段ボール箱を置いてこっそり飼いはじめたのだけど、翌日お皿の水を取り替えようとしたら、毛を数房だけ残していなくなっていた。

夕食は大好きな卵のせハンバーグだったのに、脂身の塊《かたまり》にしか感じられなくて残してしまい、兄さんが察して食べてくれた。いつも帰りの遅い父の食事にはキッチンパラソルが載せられていた。冷めても気にならないひとだった。

早めに布団に潜って消えた猫のことを考えていたら、母がやってきて「お父さんが呼んでるわよ」と言った。

書斎に入ると、帰ったばかりなのか警官の制服のまま椅子にもたれていた。葉から引き剝がしたばかりの芋虫みたいに短くよじれたタバコを中指と親指で挟んでいる。

この頃には捜査三課に移っていたはずなのだけど、どうして制服を着ていたのだろう。現行犯でないと逮捕は難しいという掏摸《すり》を追っていたせいか、視線が千枚通しくらい鋭く尖って見えた。帰ってくるといつも髭の剃り跡が青黒くなっていて、頰ずりされると剣山のように痛くって。姉は頰ずりの気配に敏感でいつのまにか階段の方に逃げている。

すこしだけ開かれた父の口の中は、ドライアイスを頰張っているみたいに真っ白な煙で満たされている。いつもそうやって煙を手懐《てなず》けるように吸っていた。ゆっくりと吐き出される煙が、壁に並んだ額入りの賞状のあたりに昇っていく。

猫がどうしてだめだか、わかるな、と父は切り出した。

しばらく青黒い口元を見つめていたが、父の鋭い視線が絆創膏《ばんそうこう》を貼った自分の指先を貫いているのに気づいて、喘《あえ》ぎが漏れた。

父が潰れた耳をこちらに向ける。

「猫はかわいい」とやっとのことで言った。

眼球が海のしょっぱい水に浸っているように沁《し》みた。

かわいいという偽の感情がどれほど危険なものか、おまえにわかってもらえればと思う。どうしておまえが猫をかわいく感じてしまうのかを。

猫どこにやったのうのうぉうと泣きだしてしまったが、父は表情を変えず、蟠りを告知する先生に似た姿勢で語り続ける。

それはおまえが猫の糞《ふん》に混ざっている寄生虫に感染しているからなんだ。猫はそうやって人間を虜《とりこ》にする。奴隷にしようとする。

父がなにを言っているのかわからなかった。

「飼わせて」と噎《むせ》び泣きながら背を曲げて狭い書斎をぐるぐると歩きまわり、猫が憑いてる！　と背中を平手で打たれる。余計に感情を抑えられなくなって本物の重い手錠をかけられ、テーブルの脚に繋げられた。骨がばらばらになりそうなほど暴れて泣き叫びながら、父がこう話すのを聞いていた——猫は人間を卑しめ、社会の秩序には決して従おうとしない。警察犬はあっても、警察猫などありえないことからもわかってもらえるのではないかと思う。それればかりか泥棒猫と称されるほどなんでも節操無く盗んでいく。存在の本質的なところから我々に敵対していると言えるんじゃないだろうか。気まぐれにあちこちをふらついては家々に火を放つ赤猫となり、いずれはひとに祟《たた》る化け猫や猫又となって——

それからも諦めきれず、猫を拾っては自分だけが知っている場所で飼おうと繰り返したが、すべて消えてしまった。いつかひとり暮らしを始めたら絶対に飼うんだ、と胸に誓ったものの、それは決して交わることのない別路線の未来としか思えなかった。

短大に通うために住んだワンルームマンションも、結婚して住みだした賃貸マンションもペットは飼育禁止だったから、建売りの一戸建てに移って、猫、飼ってもいいよ、とあのひとが許してくれたときには、嬉しさのあまり家じゅうの窓を磨きまわってぴかぴかにした。

動物愛護センターで面会した猫たちの中にいたお日さまのように真っ白な雄猫に一目《ひとめ》惚《ぼ》れをして、譲渡希望を出す前にもうディアと名づけていた。他にもディアを気にいった人たちがいたので気が気ではなかったけど、運良く籤引《くじび》きが当籤《とうせん》して家に迎えることができた。

部屋に放したとたん、これまでどれだけ家の中が薄暗かったのかを知った。ディアはひとの視線をしなやかにすり抜けて消えたかと思うと、予想のつかないところでオブジェとなって空気を引き締めている。昼間どこを歩きまわっているのだろう。帰ってくると真っ白な柔らかい毛は、干したばかりの布団を思わせるお日さまのにおいがして、毎日パティスリー川北のお手伝いをしながら、家に帰るのが待ち遠しかった。あのひとはお店の経営を軌道に乗せようと懸命になっていてほとんど一緒にいられなかった。ひとりで家事や食事をしていると、ディアは足の間を通り抜けたり周りをまわったりして寂しさを陰に追いやってくれた。そんな生活が始まってふた月も経たない頃、お店のロールケーキに白い毛が混ざっていたとお客さんからクレームがあった。それがディアの毛かどうかなんてわからないじゃない。毎日こまめに掃除をして綺麗にしますから、と訴えてなんとか手放すことは許してもらえたものの、「実は、店の者におまえから猫のにおいがすると言われて……」と告げられ、家でお店の経理を中心とした雑務をすることになった。数週間後、またロールケーキの中になにかの毛が混ざっていることをお店の誰かが見つけた。自分の服についていたのかもしれない、ほんとうに悔しい、再発を防ぐ方法はないものだろうか、とあのひとが壁に向かって口惜しそうに呟くのを見ていたら、「猫を手放すことにします」と口にしないわけにはいかなくなった。ディアが尚子に引き取られてからは家の中が翳《かげ》って気が塞いだけれど、その後生まれた博之が重度の猫アレルギーだとわかって、定められていたことなのだと諦めがついた。

――猫の話は、もうそのへんで結構ですよ。

ディアを手放してから、またお店を手伝いたくてユニフォームをクリーニングに出したのに復帰の話はでなかった。でも、残りもののロールケーキを持って帰ってきてくれるのはとても嬉しくて、いまではとほうもなく大きな渦巻きの中心をなすその断面も、この頃はのの字に見えて顔がほころんだ。ふたつ目のお店を出すというのでユニフォームを目に触れるように置いてみたりもしたが、実のところ気づいてもらえないことにほっとしてもいた。すぐ近くのスーパーに買い物に出る以外はほとんど家にいて、毎日のように美味《おい》しいケーキを食べていたので太ってしまい、サイズが合わなくなっていたから。三つ目の店を出すという時には、いまの体型に合わせてユニフォームを新調したのだけど、復帰の話はもちかけてもらえなかった。そのうち尿が甘いにおいしかしなくなり、残りもののケーキを喜ぶことができなくなって気落ちしていると、お客様の声を電話でお聞きする大切な仕事を任せてくれた。最初はたまにかかってくるくらいだったから電話を受けるのも楽しかったし、なにより家にいてもユニフォームを着れば背筋がすっと伸びてよい気分だった。あのひとがあまりよい顔をしていないことに気づいてはいたけど。あるとき急用があってユニフォーム姿で本店に赴くと、店員たちのユニフォームは別のデザインに変わっていた。自分が着ているものとは違っていた。一緒に働いたことのある松原《まつばら》さんは、元のがやっぱりかわいいですよね、と言ってくれ、

――その頃から糖尿の気《け》に肥満があったわけですね。

見まわすと誰もいない。

「いま先生がいらっしゃってましたか？」と点滴バッグを替えにきた看護師さんに訊《たず》ね

る。

「ああ、保険調査員さんでしょう。ほら、何度もお見えになってる方ですよ」

肩を支えられながら、光を湛《たた》えた廊下《ろうか》を一歩また一歩と踏みしめていく。いや、肩を支えられていたのは昨日までのことで、いまはひとりで歩いている。やけに空気の通るパジャマの中で内股やふくらはぎが攣りそうになるけど、たとえゆっくりとでも自分の足で歩くことができるのは嬉しい。元の体重には及ばないものの、毎日の点滴が干物同然だった体をすこしは蘇らせてくれた。

廊下の壁際に、前に見かけた点滴スタンドを錫杖のように持った男のひとが立っている。通りすぎようとしたとき、「手相を観《み》てあげましょう」と声をかけられた。

「間に合ってますから」と立ち止まらずに進む。

入院してからは、何度も自分の掌を眺めていた。生命線は特に長くも短くもない。短大の頃、カミソリで生命線を切り伸ばすのが流行《はや》ったことがあった。あのとき勇気を出していれば少しは違ったのだろうか。ピアスも無理なのに踏み切れるわけがなかった。尚子は涼しい顔で生命線が肌を覆う細かな皺《しわ》に繋がるように切って、これで不死だと言って笑っていた。

お手洗いに入ろうとすると、八十代くらいの女のひとが出てきて、「あら」と立ち止まった。

「あなたも蟠りね？」

不自然なほどくっきりとした笑顔で言う。そのせいで乾いた唇が罅割《ひびわ》れ、血が滲《にじ》んでいる。どうして知っているのだろう。このひとは誰だったろう。

「手相見さん、いたでしょ」

「ああ、ええ。よくあたるんですか？」

「ううん。ここに長くいるそうなんだけど、ひとに適当な短い余命を教えて溜飲《りゅういん》を下げてるみたい。わたしのは外したからもう声をかけてこないけどね。うちの丙室も、独り言やらなにやらで騒がしいでしょう」右隣のベッドのひとだと気づいた。立っているとなぜか印象が違って見える。「おまけに最近、クカケケっていう感じの、歯をかち鳴らすような妙な音が聞こえてくるようになって」

「そうですか？」

「ところでお嬢さん、高次に住んでらっしゃるのね」

うちの家族があれだけ遠慮なく話していれば、なにが聞こえていても不思議はないか。

「ここみたいな龍のいない町でも、いつか超えられるのかしらね」

「どうでしょう……恥ずかしながらまだ縁者もいないので内情にうといんです」

「わたしも縁断ちされてからはさっぱり」

「それは……」どう答えたものか戸惑う。

「ああ、たいしたことじゃないの。ただ縁まわりの助けを裏切る形で丙院に来てしまったから。だからひとりだけど、それでもね……そのときに式場で壮行式をしてもらえないのは寂しいけれど。ところでお手洗いよね。ごめんなさい引き止めてしまって」

頭を両手で挟んだまま息を整える。便座《べんざ》に腰掛けて用を足したあとも、その場から動けなかった。尿が赤っぽい。

癌《がん》だな。

唐突に古い忌み言葉が蘇ってきて、胃が重く垂れた水切りネットみたいになる。あんな言葉を誰もが口にしていただなんて、なんという時代だったのだろう。

放っておくと、ああいう人々は社会を癌まみれにして殖えていくんだ。互いを細胞と呼んでいるくらいだから。

父の声がいまも頭に巣食っていた。

おまえだって一緒にいればいつ転移されるかわからないんだよ。だから、貴子《たかこ》ちゃんとは。わかったね。

貴子ちゃんのお父さんがそうだというが、健康そのものにしか見えなかった。また遊ぶつもりだったのに、こちらの方が避けられるようになってひと月後、貴子ちゃんの家族は引っ越しをした。

癌。

父は包丁で太い大根を断つような口調でよく言った。意外に料理が上手で、大きな魚でも鮮やかな手並みで捌《さば》いていた。たまにお造りや煮魚に硬い鱗《うろこ》が残っていて、銀紙を嚙んだようになったけど。

父だけじゃない。町内のひとが集まると、「あの家は息子が癌だからな」「明後日《あさって》、隣町で癌の勉強会が開かれる」「四丁目では転移が広がっているらしい」といった話題がのぼることも少なくなかった。大人の男のひとは誰しも圧迫感のある体格で、ドラマに出てくる暴力団員によく似ており恐ろしかったが、耳が餃子《ギョーザ》みたいに潰れていることが多かった。あの町にはどういう理由か、警察官の家族ばかりが住んでいて、どの通りにも、道端や塀の上に水を入れた裸のペットボトルが等間隔に並んで光っていた。

「真弓はあまり胸中を明かさないが、いろいろ大変なんだろう。まあこうなるのは定められていたようなもんだが」

歩けるようになると、あのひとにデイルームへ連れ出されることが増えた。少しでも丙室から離れたいのかもしれない。

「AB型は心がふたつあるからやめろとあれほど言ったのに。瀧本《たきもと》さんに視《み》てもらったら人相も手相も生年月日も名前の画数も、なにもかも相性が悪かったし。おまけに、凶相黒子《ほくろ》だ」

「もういいじゃないですか。幸い籍は入れてなかったのだし」

正月や盆休みに家族が集まったとき、いつも土屋さんは料理のお皿を運ぶ手伝いをしてくれた。身の置き所がなかったのだろう。

「ちょっと電話をかけてくるよ」とあのひとは立ち上がり、デイルームを出ていった。ひとつ向こうの席に須田《すだ》さんの後ろ姿があった。綿毛めいた白髪が、ところどころ毟《むし》り取られたように抜けて生白い地肌が覗いている。

手持ち無沙汰になって指先を眺める。角度を上げると、爪にアサリの貝殻紋のようなくっきりとした縦筋が浮かぶ。磨いたらすこしはなめらかになるだろうか。

「いまのは息子さん？」

顔をあげると、須田さんがそばに立っていた。

「いえ」と驚きながら答える。「夫ですけど」

須田さんは靴裏の溝に挟まった小石のような目をして、指で顎をとんとんと叩く。

「へえ、姉さん女房なのね」

「わたしの方が十ほど年下なんです」

「そう」須田さんが視線をわずかに逸らす。

「足繁《あししげ》く通ってくれて、いい旦那さんねえ」

そう言うと身を翻し、こころもち左に傾いた、いまにも倒れそうな動きで去っていく。心配になって後についていきながら、あのひとよりよほど老いて見えるのだと気づいた。丙室に入ると、玉手箱を開けてしまった気持ちでベッドに腰掛ける。

そういえば入院初日のどこかで眠りからさめかけたときに、「お母さんって何歳だった？」「どうだったかな。父さんより年下のはずだけど、七十くらい？」という真弓と博之の会話が耳に入ってきたことがあった。一気に老け込んだのは確かだろうけど、誕生日をなくしてから久しいので自分でもわからなくなることがあって、入院手続きの書類に間違った生年月日を書いてしまった。

あのときは三日後になって幼い子供たちが誕生日を思い出してくれ、少ないお小遣いからケーキを買ってくれようとした。もちろん家にはいつだってケーキがあったけれど。

ほんとうにありがとうね。でも、いいの、おかあさん年を取るのが嫌だなーと思っていたらね、お誕生日がどこかへいっちゃったの。だから、もうお祝いしなくていいんだよ。博之が父から貰《もら》ったピーポくんをぎゅっと抱きしめて泣きそうな顔になったので、心配しなくても、博之のお誕生日も、お誕生日のプレゼントもなくなったりはしないよ、と話すととたんににっこりした。

「なんだこっちにいたのか。はい、プレゼント」

丙室に入ってきたあのひとが顔の前に手を伸ばしてきた。つるりとした長い指でマジシャンでも気取るようにクレジットカードらしきものをつかんでいる。

「なんですかそれ」

こうしてな、と備え付けのテレビの側面にカードを差し込み、ボタンを押す。画面がたちまち明るく転じた。ワイドショー番組のようだった。

「家では見ないのに」

「ここはあまりに退屈だろうと思ってな。防護フィルムも貼ってあるし、すこしくらいならそう害はないさ。まあにぎやかしだよ」

あのひとは後ろ手を組んでテレビを見据えている。

「このコメンテーター、カツラだな」

「そう？　盗聴防止かしら」

「いや、生え際がおかしいじゃないか。髪の毛がないんだ。カツラってどうしてこんなにあからさまにわかるんだろうな。これじゃ、共演する方も目のやり場に困るだろうに」

さっき抗蟠剤を試してみたい気持ちもある、と話したので、心配してくれているのかもしれない。激しい副作用で頭髪が抜け落ちてしまうというから。やはり避けた方が賢明だろうか。

「そうねえ。まともな細胞まで一緒にやっつけてしまう猛毒だものね」とあのひとが姉みたいな喋り方で伏し目がちに言う。いいえ違う……姉本人だ。いつ来てくれたのだろう。あのひとはいなくなっている。

姉は鎮痛剤くらいなら平気よ、と路地裏に立っているヤクザイシからためらわず買うようなひとだけど、抗蟠剤となると話は違うらしい。

「摘み取りも投薬も受けないなら、もう退院できるんでしょう？　いまは民間の方がよい施靈があるし、選択肢も多いものね」

「ええ。あのひとがあたってくれていて」

「今日は正直ほっとした。この前とは別人みたいに顔色がよくなって。一時はどうなることかと思ったもの」

「心配をかけてしまって」

あの日はずっと眠ったままだったので、父の姿が重なったのかもしれない。父が心筋梗塞で倒れ、幽体離脱したまま寝たきりになってから、もう五年になる。施靈師さんによると、肉体を空《から》にすることで業念《カルマ》を清算しているのだという。会いにいくといつも目を大きく開いていて、色褪《いろあ》せた瞳でゆっくりとあたりを見わたしている。不意に滑り込んでくるように視線が合って身構えてしまうけれど、つかのまで離れてしまう。

「心縁の繋がりで聞きつけて兄さんが現れないかなって、すこし期待したんだけどね」

と姉が呟いた。「まあ、ないか。母さんが旅立ったときでさえ、ね」

ものすごい速さで反復横跳びをしている兄さんの姿が目に浮かんだ。

「姉さんおぼえてる？　兄さん、瞬《まばた》きせずに見ていてくれって言うからなにかと思ったら」

声をたてて姉は笑い、

「おれ、ふたりに見えるか？　ふたりに見えるか？　って」

友達から爪楊枝《つまようじ》とからかわれるほど痩せた、妙に姿勢の良い体で右に左に。兄さんは分身の術を身につけようと熱心に励んでいた。

「ねえ、そぞれ、ってどういう意味だったんだろう」と姉が言い、「なんだったんだろうね」と答える。幾度も繰り返したやりとりだった。互いにいろんな説を並べつくしたあとは、疑問を投げ合うだけになった。

兄さんは中学生の時に一晩家に帰らず、その理由を頑なに言おうとしなかった。

「ふざけるのは、よさんか」と怒りを湛えた声で父が言う。「おい。どこに居たのか答えないか」

兄さんは唇を引き結び、瞳を瞼の裏側に隠してしまった。

「なんかこの子、様子が変じゃない？」と母が怯《おび》えた声で言う。

「白目はやめろ。今までどこに隠れていたのか、答えるんだ」

兄さんは唇をかすかに動かした。

「なんだって？　はっきり言わないか」

「そぞぞれ」

なんと言ったんだ、と父が母の表情を窺《うかが》う。

「そぞぞれ、そぞぞれ、そぞぞれ」

「やめなさい、和明《かずあき》。目を裏返さないで、こっちを見なさい」

「そぞぞれ、そぞぞれ」

「なんのつもりだ。やめるんだ、こっちを見ないか」

「そぞぞれ」

「やめろ」

「そぞぞれ、そぞぞれ、そぞぞれ」

「やめないかっ！」「やめてっ！」

両親があんなに狼狽《ろうばい》するのを見たのは初めてだった。

高校の卒業式を待たずに兄さんは家出をした。警察の力でも行方はわからないままで、ほんとうは失踪と言った方が正しいのだろうけど、母はその言い方を嫌い、そのうち気が済んで帰ってくると言い続けていた。町を離れた兄さんが正直羨ましかった。ギタリストを目指していた兄さんを、父が無理に警察音楽隊に入れようとしたせいだと母は考えていた。あの町では親の跡目を継ぐように警察官になるのがごく自然なことだったから。

簞笥《たんす》の引き出しの奥に仕舞われていた古いカセットレコーダーに兄さんの声が残っていた。父が以前捜査に使っていたものだ。最初は書き置き代わりかと思われたが、声はもっと若いようだった。

「もし僕が政治家になって賄賂《わいろ》を差し出されれば、きっと受け取ってしまうよ。お金を拾ったら、ポケットに入れてしまうよ。強盗がやってきたら、お金を差し出してしまうよ。蟻《あり》が行列を作っていれば、踏んづけてしまうよ。足の悪いひとが倒れても、素通りしてしまうよ。醜いひとがいたら、目を背けてしまうよ。お年寄りが席のそばに立ったら、眠ったふりをしてしまうよ。女のひとが眠っていれば、裸にしてしまうよ。誰かが弱いひとをいじめていたら、一緒になっていじめてしまうよ。核ミサイルのボタンがあれば、押してしまうよ。爆発する様子がテレビに流れていたら、わくわくしてしまうよ。そんな僕を誰かに告げ口してしまうよ」

待合ロビーのソファは、長時間待っていられるようにかとても座り心地がよいけれど、あのひとが退院の手続きをするためにお伺い部屋に入ってからもう二時間になる。隣に腰掛けた太ったおばあさんが、ソファのこりをほぐすように、座面に拳をあててねじり動かしている。

杖の曲線を指でなぞって気をまぎらわせていると、

「これは、あれだ、飲んではいかんって、たくさん死んどるって山久《やまひさ》さんから聞いたのと同じクスリじゃないか」という声が聞こえてきた。左端にある薬の受け渡しカウンターだ。そこからは長い列ができて壁で折り返している。

「ですから、先程も先生から説明があったと思いますが、きちんと用法用量を守っていただけば問題は――」

「山久さんが嘘《うそ》つきだというか？」

押し問答が終わらないうちに、あのひとが奥のお伺い部屋から書類を手にしたまま出てきた。わたしが立ち上がろうとすると、痤っていろと手で示し、出入口の方を眺めながら近づいてくる。自動ドアが誰もいないのに開いたり閉じたりしていた。

「なにがお祓いは行っているだ。やはりここは危ないな」

「面談、時間かかりましたね」

「おかあさんとの話と食い違うって、しつこいったらなかったよ。いったいなにを話したんだ」

「ごめんなさいね。話を伝えるのがうまくないから……」

「特に食生活のことでは足をすくわれたよ……だからポイントカードは解約しろと言っ

たんだ」

「どうしても……解約できないんですよ」泣きだしてしまいそうになって下顎を力ませる。

「かなり粘ってはみたんだが、七割負担に抑えるのがやっとだったな。まあ、ここで切り上げてよかったよ。このままずるずると治療を続けていたらどうなっていたか」

「そうですね。ほんとによかった。ありがとう」

「セカンドオピニオン？　いや、まず連れて行きたいところがあるんだ」

「他の内院？」

「これ以上あやしげな場所に行ってどうする。わたしの縁まわりでは心もとないから、真弓が紹介してくれたひとに頼ってみようと思う。普通なら会うことも難しいんだそうだ。そのひとのおかげでみんな良くなっているらしくてな」

　手を取って立ち上がらせてくれる。前のめりに転げそうになって全体重をかけてしまうが、このひとの重心は揺るがない。丹田がしっかりしている。息子に見えるのも無理ないのかもしれない。

「歩けそうか」心配そうに手を離す。

「大丈夫ですよ」

　杖を頼りにしつつ、その場で足踏みをしてから歩きだす。

「家は過ごしやすくなってるよ。瀧本さんに頼んで風水的にいろいろと手を入れてもらったから。よくないものって気づかないうちに増えてるものなんだなあ。それから――これからはわたしが料理を作るようがんばるからな。槇村《まきむら》さんから免疫力を高める周波数のいいメニューの作り方を聞いているし。まかせてくれ」

「すみませんね。ほんとうにありがとう」

丙院のエントランスを出ると、すこし肌寒くて、それがなんだか嬉しい。ずっと熱のせいで寒さを感じなかったから。

花壇に鮮やかな撫子色《なでしこいろ》の花が咲き乱れていた。大きさはポピーぐらいだけど花弁はもっと包むような優しい形だ。

「きれいね。なんの花だろう」

足を止めて覗きこむ。その隙間に冬咲き水仙らしき花がいくつか場違いに混ざっている。

「それはたぶん、板橋の靖子《やすこ》が持ってきてくれたのと同じだな。幸福の花だったか。真弓が生けてくれたよ。この色には若返り効果があるし、女性ホルモンの分泌を促してくれるそうだ」

花びらは横から見ると蝶《ちょう》の翅《はね》そっくりで、それ自体がぼんやりと発光しているようだった。眺め入っていたら、あのひとが地面を靴底で打つ音が聞こえてきた。

車から降りるなり、あのひとはバッグから梵字《ぼんじ》の書かれた塩袋を取り出し、玄関まわりに塩を撒きはじめた。スキップで走る足音が近づいてくる。「やあ、留美《るみ》ちゃん」とあのひとが言い、「こんにちは」と留美ちゃんの声がしたが、振り返ったときにはもう隣家の玄関扉は閉まっていた。お隣さんは去年引っ越してきてまだ名前も知らないけれど、留美ちゃんは真が公園で仲良くなったのだ。

「なあ。このねじくれた汚い枯れ木、切ってはだめなのか？　みっともないよ」

鍵を手にしたままあのひとが言う。水気のない中空の枯れ葦《あし》のように見えても、暖かくなればまた新芽を出して、フランスの形に似た大きな葉を繁らせてくれる。今年はちょっと遅れているようだけど……その瑞々《みずみず》しい姿はこれまで何度も目にしているはずだし、葉でくるんだ料理を出したこともある。そもそもあのひとがお店から持って帰ってきた葡萄《ぶどう》の種から育ったのに。何年経っても実はつけてくれないけど。

久しぶりの自宅は、畳のよい香りがした。もうとっくに香りは消えたものだと思っていた。居間に入って、用意してくれたという真新しい座椅子に腰を下ろした。あのひとがお茶を淹《い》れてくれ、一息つくあいだにお風呂を沸かしてくれる。

浴室に入ると、明るくなっていて驚いた。掃除どころか、目地のコーキングがすべてやり直されていて、どうしても取れなかった黴《かび》が消えていた。お湯はすべて真弓の用意してくれた閼伽水《アクア》だという。肩まで浸《つ》かって心地よいぬくもりにとろけながら、愈水じゃなければいいんだけど、と真弓のことが心配になった。これだけの量の愈水を作るには、どれだけかき混ぜ続けねばならないだろう。ゆっくり浸かりすぎて煮くずれしそうになった頃、あのひとが心配して見にきてくれた。

パジャマを着て、髪を乾かす段になって、洗面所の鏡が外されていることに気づいた。窶《やつ》れた姿を見せないためだろうか。そういったはっきりと目につく変化の他にも、家じゅうのなにかがずれている気がした。録音した自分の声を聞いたときの違和感に似ているけれど、具体的にはよくわからない。瀧本さんの風水だろうか。家具や家電の位置が微妙に動かされていたりするのかもしれない。

居間のテーブルの上には夕食が用意されていた。玄米のミカエルのせと焼いた鯑、デザートには湯煎した一口サイズのスイカ。なまものはやはり良くないらしい。丙院の食事と変わらないものでも、ずっと美味しい。食べ終わって箸を置くと、特製のジュースを出してくれた。あのひとが自ら何種類もの野菜と果物を煮込んで濾《こ》したものに、尿を混ぜたもの。さっき紙コップに出すよう言われ、てっきり自宅でできる尿検査のためだろうと思ってわたしてしまった。自分の体が自分のためだけに処方する全く副作用のない生薬《きぐすり》で、生命の水と呼ばれていることくらいは知っていたけど。

「量子までしっかり嚙み砕いて飲むとよいそうだよ」

言われた通りにすこしずつ口に含んで飲みくだしていく。味は思ったよりも悪くない。そうでもない。すべてを飲み干すと、微睡《まどろ》んだようになってその場から動けなくなり、「もう好転反応が出ているんだな」と喜んでくれた。日に十杯は飲まないといけないらしい。

あのひとが雨戸を閉めて戻ってきた。月光のチャージはできなくなるが、それよりも夜中に妙なものが流れ込んでくる方が心配だという。「蟠りは夜行性だから、早く寝なさい」と促される。「二階に上がるのはつらいだろうから、客間で寝起きできるよう新しい布団を用意してあるんだ」

客間に入って電灯をつけると、床間《とこのま》にあの撫子色の綺麗な花がたくさん輝いて、魂の奥まで照らされるような澄んだ気持ちになった。藍色の花瓶は――そうだ、父が瑞宝双《ずいほうそう》光章《こうしょう》を受章したときのお祝いのお返しに貰って、押入れに仕舞ったまま忘れていたものだ。

部屋の中央には真新しい布団が敷かれてあり、それをぐるりと囲むように欄間や長押《なげし》に天眼石がかけられている。等間隔に、全部で八個。丙室では気づかなかったけど、八《はっ》卦《け》に対応しているのかもしれない。

「天眼石のおかげでこの部屋は高次元的な環境に近くなって、平熱も三十八度まで引き上げられるんだそうだ」

あのひとが掛け布団をめくって厚みのある敷布団を満足気に叩き、真弓の縁者から購入した岩盤浴寝具一式だと説明してくれる。

「蟠った細胞は三十九・三度以上では生きられないから、体温を高めに維持するのが肝心なんだが、この部屋なら体への負担は微熱程度に抑えられる。とりわけこの寝具には、砕いた天然ラジウム鉱石が大量に鏤《ちりば》められていてな、アルファ線だとかオメガ線だとかで体を多次元的に貫いて、ピンポイントに遺伝子修復をしてくれるらしい」

敷布団に横たわると、掛け布団をかけてくれた。

「布団の中には、このまえ国じゅうの親戚が送ってきてくれた蟠り封じのお守りが入ってるよ。大満寺《だいまんじ》に出雲《いずも》大社、行田八幡《ぎょうだはちまん》神社に唐泉寺《とうせんじ》——全部あげてたらきりがないな。ともかく安心しておやすみ。じゃあ、電気を消すからね」

部屋が暗くなり、幸福の花と、目玉のような天眼石だけが宙に浮かんだまま残った。生え際に大粒の汗を感じるほど暑くなってきたが、掛け布団は重たくて空気の抜け穴をつくれない。窯で炙《あぶ》られているようだった。暑さに幾度も溺れかけては、枕元に置いた閼伽《アクア》水のペットボトルにしがみつく。

なかなか寝つけなかった。

瞼の闇を開いて部屋の闇を眺めているうちに、シーリングライトのぼんやりした丸みが滲み現れてきて、それが丸まったディアに見えてきて、蘇ってきた柔らかい感触にほぐされていった。

あのひとが車で片道三時間かけて、粕谷《かすや》さんという、真弓と縁の深い施靈コーディネーターの家に連れていってくれた。次元上昇《アセンション》した地域だというので身構えていたけど、心身の未分化なひとには影響がないと真弓から言われていた通り、抵抗なく次元の境目をまたぐことができた。駐車場に車を停《と》め、住宅街のなかを歩いていく。表札のない普通の住宅が建ち並んでいるだけで、地元の町並みと特に異なるところは見当たらない。庭に緑の多い石造りの家を模した一軒家の前までくる。ここであっているのだろうかと、ふたりで地図を見返していると、玄関扉が開いて五十代くらいの女のひとが出てきた。むくんだ顔に笑みを湛え、片胸だけが驚くほど大きく膨らんだ白いブラウスを手で抱くように押さえながら内股で歩いてくる。白い生地からうっすら黒い色が透けていて、懐に子猫が収まっていることを察して胸が高鳴った。視線に気づいたのか、女のひとは胸を隠すように背をすぼめて通り過ぎる。このあたりではまだ猫が飼えるのだろうかと羨ましく思っていたら、「川北さんですね」と開いた扉から声がかかった。

粕谷さんは四十代くらいの、とても爪が綺麗で物静かな男のひとだった。対面で座って、手をあてるでもかざすでもなく、口の端をやさしく窪め、ただこちらを見つめ続ける。その眼差しは幽体離脱を続けている父のものとどこか似ており、ときおり左右でずれた瞬きをする。ロールケーキが焼きあがるほどの時間が経ってから、粕谷さんは深くうなずき、幸いアストラル過敏はないようですねと言った。

「蟠りは、どうでしょうか」あのひとが痺《しび》れを切らして口を開いた。

「まず、蟠りという呼び方を改めましょう」

「でも世論の高まりを受けて、医師会がようやく重い腰を上げて変更したんでしょう?・」

「一見もとの忌み言葉より無害そうですが、よく考えてみてください。この漢字には虫の番《つがい》が隠されています。たちまち繁殖して蝗《いなご》の大群さながらに体じゅうを食い尽くそうとしますよ」

喉を絞った唸《うな》り声が出てしまう。そんな恐ろしいものが隠されているだなんて、思ってもみなかった。

「言靈《ことだま》を侮ってはなりません。すでに次元上昇《アセンション》の済んだ所では、るん、と呼んでいます。邪気を祓う力を秘めた強い言靈です。じきに全国的にも広まるでしょう」

「るん、ですか」とあのひとが戸惑った声を発した。

粕谷さんは翡翠色《ひすいいろ》の万年筆を取り出し、和紙に「るん(笑)」と書いた。

「この、最後のは」

「必ず笑顔で、という意味です。悲観スパイラルを作らないことが大事ですから。奥さん、声に出してみてください」

「るん」

「おまえ、それ、笑ってるのか？」

「顔に力が入らなくって……」

「大丈夫。重要なのは、明るくほっこりとした気持ちでいることなんです」

それから粕谷さんは、るん（笑）について、髪をやさしく櫛《くしけず》るように説明してくれた。るん（笑）は業念《カルマ》が絡み合ってできた内なる獣のようなもので、ただ取り除けばいいというものではないこと。最終的な目標は業念《カルマ》の結び目をほどくことだが、るん（笑）ができるほど複雑に絡み合ってしまうとそう容易《たやす》くはないので、長い時間をかけて段階的に施靈を行っていく必要があるという。最初の施靈は、業念《カルマ》でどろどろになった血液の浄化で、小野寺《おのでら》さんという、二年先まで予定の詰まっている優秀な施靈師さんを、真弓の母親だということで優先して自宅まで寄越《よこ》してくれることになった。かつては有名内院に勤める医師だったが、ひとを騙《だま》すような医学のあり方に疑問を抱き、施靈師になったのだそうだ。血液浄化と並行して、粕谷さんが天眼石を介して遠隔施靈をしてくれるという。

どうしてそのつど業念《カルマ》を返済することができなかったのか、などと自分を責めないでください。

粕谷さんがそう言ったので、思考が漏れたのかと驚いた。

内なる獣は、時に凶暴さを露わにして喰《く》らいついてきますが、慈愛をもって接し、うまく心を通わせることができれば、世話は大変ながらそれ以上の喜びを与えてくれるペットのごとく、共に幸せな人生を歩むことができるのです。これからはどうか、るん（笑）をペットだと思ってかわいがってあげてください。

翌日あのひとが仕事に出かけると、用意されていた昼食を食べてからタクシーを呼び、マスクをして毛糸の帽子をかぶった格好で乗り込んだ。尚子から聞いた住所を告げ、四十分ほどで寂れたオフィス街に着く。人通りは少なく、どのビルも古びて空き部屋が目立っている。目的のビルはとりわけ古い建物で、罅割れだらけの壁が雑に修繕されていた。出入口には、監視カメラを外した跡がある。エントランスから入ろうとした時、左手のビルとビルとの間から木々の緑が見えた。

薄暗い通路を歩いていき、突き当りの扉の前で立ち止まる。ここが匿名検索所のはずだが、プレートは出ていない。胸元の紫水晶を押さえながら扉を開けて中に入ると、帽子を目深《まぶか》にかぶってマスクをした店員さんが立っていて、検索のご痢用《りよう》ですか、と声をかけてくれた。ほっとしながら安くはないお金を前払いし、一畳ほどの狭い部屋に通された。小さな机の上に置かれたデスクトップパソコンのモニターは、分厚いビニールシートで封じられていて、ケーブル類はビニールテープでぐるぐる巻きになっている。正面の壁には部屋を一望できる凸面鏡が掛けられていて、背後に誰もいないことを確認できる。随分前、自宅でノートパソコンを使っていた頃は、霊障のせいかなにもしていないのによく壊れたものだった。尚子によれば他にも似たようなお店は多いようだけど、ここは不定期にお店の場所を移しているし有線接続だし個室の壁は浄化された鉛板の遮蔽材で守られているので思考盗聴や電磁波盗聴の心配がなく霊的にも安全だという。ここならこれ以上リンボみたいなところに自分の輪郭をはっきりさせずに済むだろう。

緊張しながらキーボードやマウスに触れる。調べてきてあげるのに、と尚子は言ってくれたけど、自分の目で確認して納得ずくで臨みたかった。明後日受ける予定の、血液浄化の施靈が急に怖くなってきたのだ。一瘢的《いっぱんてき》なニュースサイトでも、大きな効果を見込める信頼できる画期的な靈法として度々取り上げられているし、施靈を受けたひとの日記もたくさんあって、るん（笑）が退縮したり、跡形もなく消えたりしたことが詳細に記されている。どの検索結果に飛んでも、心配するような事柄は書かれていない。これで安心して施靈に身を委《ゆだ》ねられそうだった。ほっとして椅子にもたれかかり、タバコの煙を転がすように口を半開きにしている自分に気づいて立ち上がる。

るん（笑）と一緒に散歩する気分で、さっき目にした緑の方へ歩道を進んでいく。肥えた鳩《はと》が、腰に手を組んだお年寄りのようによちよち歩いている。こちらが近づくにつれプレッシャーを感じるのか、同じ姿勢のまま早足になるのがおかしい。

ビルの間を抜けると、やはり広い公園があった。入口近くには何本ものマテバシイが高く背を伸ばしており、樹冠の中で雀が痙攣するように動くたびに枝葉が揺れる。根のまわりの日陰の地面は、丸まった枯れ葉だらけで湿っぽい。猫でもいないかと眺めていたら、蠟《ろう》でできたスタンドライトのような生白いものがひっそりと覗いているのに気づいてどきりとした。銀竜草《ぎんりようそう》だろうか。でもどうして。咲くのは何カ月も先のはずなのに……不思議に思いながらも、後で押し花を作ろうと屈み、そっと引き抜いた。ハンカチに包んでバッグに収め、立ち上がったところで脇腹に激痛が爆《は》ぜ、杖に両手でしがみつく。

「おばあちゃん、ごめん」

真っ白なランドセルを背負った子供たちが、山伏のように傍らを通り過ぎていく。ランドセルにぶら下がる金の刺繡《ししゆう》入りの赤い巾着《きんちやく》が、祖母の家にあった掛け時計の振り子みたいに揺れている。公園の奥の方へあっという間に消えてしまったけれど、まだ脇腹には子供の肘がめり込んでいるようで痛い。……ではなく甬《よう》いだった。

やっぱり猫はいないのだろうな、と思いながらも探し歩いていると息が切れてきて腰をおろしたくなった。一番近いところにあるベンチには三人の子供が座っている。男の子ひとりと女の子ふたり。なにかを歌っている。

――お山の上に、お口が三つ、お口が三つ、だくだくだくだく、お山の上に、お口が三つ、お口が三つ――

杖をついて子供たちの前を通り過ぎると、次のベンチが空いていた。その足元には幸福の花が咲いている。腰掛けて、背凭れに大きく体を預ける。骨があたってすこし痛い。丹田に力を込めて呼吸を整えていると、「広美《ひろみ》ちゃん、静かね」と声が聞こえた。

「こないだ整体を受けさせたの。そしたら覿面《てきめん》」「徳田《とくだ》さんのところ？」「そう」

右手の大きな楠《くすのき》の傍らで、赤ん坊を抱いた若い女のひとたちが六人、輪になって話していた。母親の膝をつかんで立っている子供もいる。話を聞きたいわけではないのに、ひとりの耳障りな声がレジャーシートとなって頭の中に陣取り、他のひとたちの声まで居座らせる。

「うちも乳児のうちに受けさせないと」「そうね、骨が固まってしまう前に」「あの方チャクラ調整も念入りだものね」「徳田さんといえば、お子さんがひとり婚したらしいですね」「ほんとに？」「よかったじゃない。いまはひとり婚すら叶《かな》わないひとも多いから」「里子も引き取れますしね」

さっきベンチにいた子供たちが、公園を駆けまわりだした。

「あの、やっぱり、だめでしょうか。わたしを、この縁まわりに加えていただくというのは」

「まだ、飯星《いいぼし》さんが旅立たれたばかりだから……」「それに、春山《はるやま》さんたちから縁離れすることなんて、できるんですか？」「それは、なんとかします。なかなか切り出せないんですけど」

急にその内のひとりが前屈みになり、立ち聞きされてる、と囁き声で言った。

驚いてベンチのへりを両手でつかんで身をすくませた。けれどその人が指しているのは楠の幹だった。

「さあ、行きましょう「どうしよう「だいじょうぶよ。困る話はしてないし「まあ、よい気分じゃないけどね「はやく」

口々に漏らしながら去っていく。立ち聞きをひどく恐れているようだったけれど、あたりには自分の他は誰もいた様子はなかった。不思議に思いながら立ち上がり、楠まで歩いていくと、幹には確かに耳がたくさん生えていた。日の光に薄いところが透けた血の通った耳。餃子のように潰れた、警察官の耳。あの人たちが恐れたのも無理はない。

外出したのがこたえたのか、翌日は一日布団に横たわったまま動けず、床間の向こうあたりから聞こえてくる、職人さんの立てる物音を聞いて過ごした。瀧本さんの助言で、再生と復活を象徴するライムグリーンに外壁を塗り替えてくれている。

施靈の予約日は朝四時頃にこむらがえりを起こしかけて目がさめた。雉鳩《きじばと》が鳴いていた。途中になっていたポイントカードの解約手続き書類に記入していく。住所氏名、血液型に家族構成、丙歴——ずいぶん前になくなった国勢調査みたいで時間がかかる。

施靈師の小野寺さんは、朝九時きっかりに若いふたりの助手を連れてやってきた。幅広い口髭を生やした五十代くらいの物静かな男のひとで、まるで執事のように優しく細やかに接してくれる。あのひとは施靈が心配だったのか、仕事に出かけずに見守ってくれた。

針に貫かれる感触はますます遠い。腕の静脈からチューブを経由して大きなボトルに血液が瘤《た》まっていく。腰が引けるほど黒く汚れた血でボトルが一杯になると、助手が黒漆の箱に収め、空色をしたエンジェライトという天使の石を敷き詰めて蓋をした。その上に小野寺さんが数珠《じゅず》を巻いた手をあてがう。なにかを唱えているのか、唇がかすかに動いている。しばらくして箱から取り出したときには、血液が浄化されて癬《あざ》やかな赤色に変わっていたので、あのひとが感嘆の声を漏らした。それを今度はチューブでこの体に戻してくれる。匿名検索所で調べたとおり点滴と大差なくて、我ながら心配性だと呆《あき》れる。来月また訪れることを約束して、小野寺さんは帰っていった。

昼食のあとに吐いてしまった。あのひとはタオルで拭いながら、好転反応が出たことをとても喜んでくれた。

雉鳩の鳴き声が妙なところでやみ、話を途中で切り上げられたようで落ち着かない。電話も鳴らなくなり、真夜中みたいに静かだった。入院している間に真弓がお客様の声の電話に出て、あのひとにかなり怒ったらしく、電話は転送されてこなくなった。もう何十年も前にやめたつもりでいて戸惑っていたらしい。いまは広告にも番号を載せていないという。お客様ノートも全冊消えていた。お客様の声の間に綴《つづ》った言葉や、挟んであった押し花の数々が頭をよぎる。

チャイムが鳴った。布団の傍らに置かれた電話機のモニターに、運送屋さんらしき姿が映っていた。口のマスクが膨らんだり萎《しぼ》んだりしている。

「はい」

「川北さん、古畑《ふるはた》運送です。お荷物ですよ」

「ごめんなさい、すこし待っていただけますか。体が悪いものだから」

「ゆっくりで大丈夫ですよ」

布団から出て、タオルで軽く汗を拭ってから障子戸伝いに歩いていく。縦框《たてがまち》や格子に、ディアのつけた引っ掻《か》き傷が残っている。自分が思っている以上に時間が経ってしまっているのではないかと焦ってしまう。靴箱の上の小物容《こものい》れから判子をつかんで式台に下り、つっかけを履いて土間を歩くと砂痢の音。あとで箒《ほうき》をかけないと。鍵を開けるなり、引戸が勝手に開いたので驚く。

「おそくなって、ごめんなさいね」

見おぼえのある配達員の方だった。その手に吊り下げられている、ビニール包装されたクリーニング済みの黒い礼服のようなものに、目が釘《くぎ》づけになる。よく見れば、黒い折り鶴が藤の花のように縦に長く連なっている。

「黒い千羽鶴」とつい漏らしてしまう。

「二束あるから、二千羽鶴ですな——重いですよ、廊下に置きましょうか」

「ああ、ええ」

横たえられた二束の千羽鶴が、ざわざわと音を立てて生きているようにゆっくりとねじれていく。白い折り鶴がひとつ混ざっているのに気づく。

「こちらに印鑑を」

送り状のご依頼主の欄には、パティスリー川北本店と書かれている。判子を押すと、三日月のような弧の形だけがつく。押しなおそうとしたが、いいですいいです信じてますから、と引戸が勢いよく閉まり、地面を蹴るように走る音が聞こえだす。

鍵をかけ、手を千羽鶴それぞれの輪に通してから廊下に上がり、漁師が網を引きずるようにして客間に戻って、布団の隣に横たえる。布団にもぐるとゆっくりと息を吐いた。千羽鶴が重みのせいか、忘れたころに音を立てる。

二時間後、別の運送会社から、さらに二束の千羽鶴が届けられた。

あのひとは夜になって帰宅するなり脚立を運んできて、天井にいつの間にか取りつけられていた鉤《かぎ》に、ひとつ目の千羽鶴を吊るした。

「これはな、パティスリー川北全店の従業員と得意先のひとたちが、それぞれ縁の深いひとにも声をかけて総出で作ってくれたんだぞ」

「黙っていてほしかった」丹田に力を込めて言ってみた。

「そうだろう？　みんなの祈りがありがたいよ。これほどの祈りが集まるなんて」と涙ぐみながら脚立を下り、次の千羽鶴を持ち上げる。「まるで昇り龍だな。みんな、心からおまえのことを心配してくれていて、ほんとに……この時ほど、たくさんの店を作ってきて良かったと誇らしく思ったことはないよ」と鼻を啜る。

祈りながら折ってくれた会ったこともないひとたちに申し訳なくて、自分を痤布団折りに折り畳みたくなった。

「これは鶴の形に折り込んだ祈りそのものなんだ」

そういえば、折ると祈るという漢字はとてもよく似ている。

「黒い千羽鶴とその数に不吉な気がしたかもしれないが、千羽びらきをするためなんだ」

「千羽びらきですか」

「それぞれに一羽だけ白い折り鶴が混ざっているだろう。粕谷さんが念だけで折ってくれた最初の光だ。それを頼りに黒い鶴を開けば、裏に白地が現れる。そこには折ってくれたひとの名前と電話番号が記されている。みんな、おまえの声を聞きたがってるよ」

どういうことなのかわからない。

「同じような丙気だった十二号店の店長のお父さんも、千羽びらきをしたそうだよ。鶴を折ってくれたひとりひとりに電話をかけ、心をこめてお礼を伝えて、白い鶴に折り返していったんだ。確かに最初はつらかったらしいよ。喋るだけでも体力を消耗するからね。だけど、毎日一羽ずつと決めて根気よくひらき続けて、すべてのひとに礼を尽くして千羽鶴が真っ白になったとき、業念《カルマ》の返済も終わったんだろう、完治していたそうだ。もちろん、そうしろってことじゃないんだよ。おかあさんの好きにしてくれていい」

破れた風船ガムが貼りついたみたいに口が動かない。顔も知らないひとたちばかりなのに。でも、自分だって頼まれたとはいえ、これまで会ったこともないひとたちに手書きのお礼状や年賀状を送り続けてきたのだから無縁ではいられない。そう思いなおし、やっとのことで言う。

「そうね。だめですね、貰いっぱなしは」

「どうしてこんなにコバエが多いんだろうな」

食器を洗う音を立てながら、あのひとが独り言を漏らす。声が憑かれている。毎朝三時に起きて、特製野菜ジュースを作っているのだから無理もない。

「どこからコバエが湧いてるんだ」

蛇口の水が食器に当たって跳ねる音、泡のたちすぎたスポンジが食器を擦る音――シンクを打つ雫《しずく》の音程がいつもと違う、と思っていると急に静かになる。

「レストランテでございますから、か。さて」

しばらくしてあのひとは、買い出しとお店回りのために出て行った。玄関の鍵をかける音の余韻がどこまでも小さくなりながら消えようとしない。

なにかがよぎった。コバエだ。頭のまわりにコバエが飛んでいる。鼻先まで近づいてきては、離れていく。手で叩こうとするが、動きに追いつけない。次にいつ近づいてくるのかと思うと落ち着かない。

立ち上がってキッチンに入ると、三角コーナーがカキ氷みたいに生ゴミで山盛りになっている。その周囲にたくさんのコバエがふらついていた。シンクには数センチほど水が張られたままたゆたっており、垂直面には黴が斑《まだら》についている。洗い終わった皿はぜんぶ倒れやすい向きだし、おわんの底の窪みには洗剤混じりの水が溜まっていた。おわんをゆすぎなおし、排水口と三角コーナーの生ゴミを封じ、シンクを掃除してから客間に戻る。

座椅子に座ってあのひとが黒い千羽鶴から外しておいてくれたひと房分の折り鶴を手に取り、一番上にある一羽を糸から引き抜いた。掌にのせて右に左に傾けてしばらく眺めてから、蝦蛄《しゃこ》の殻を剥《む》くように細かい折り目をひらいていく。指が思うように動いてくれずもどかしい。四角い一枚の紙にひらききると、裏側の白地には確かに名前と電話番号がある。十一号店の服部由宏《はっとりよしひろ》さん。名前は知っている。番号を押して、受話器を手に取る。

「服部由宏さんでしょうか。お世話になっております。川北の——ええそうです。この度は、すてきな折り鶴を折ってくだすって、ほんとうにありがとうございました。とてもみごとな折り目で、ええ。はい。元気になれそうです。そうですね、ありがとうございます。がんばります」

電話を切ると、白い面を表に鶴を折りはじめるが、すでに折り目がついているので難しく、頭が紙縒《こより》みたいによじれたものになった。

続けてもうひとつ折り鶴を開いてみるが、なにも書かれていない。いえ、うっすらと筆圧の跡らしきものが見える。大きく漢字一文字。しばらく眺めているうち、なにが書いてあるかわかって喉から妙な音が鳴った。左手でネックレスの紫水晶を服の上から押さえ、右手で心理チューナーを握って自転車の呼び鈴に似たラバーを打ち、天使界の入口を開いてくれるという清らかな響きに耳を澄ませる。深呼吸をして心が鎮まるのを待って、次の折り鶴に取り掛かる。

「遠野依子《とおのよりこ》さんでしょうか」

「はい。どちらさん？」

「川北博一の妻でございます。はじめまして」

「ああ……はいはい」

「この度は、けっこうな折り鶴を折ってくださいまして」

「いえいえ」

「これからも頑張りますので、よろしくお願いいたします」

「はいはい」

受話器を置いて心理チューナーを鳴らす。その後、白い折り鶴に折り返そうとするがうまくできない。あとまわしにして次の折り鶴をひらく。知らないひとだ。番号を押して、押し間違えて、押しなおす。

「山路《やまじ》たけ――」

「わたしです」

「わたくし川北の妻でございます」

「これはどうも、はじめまして。一度お話ししたいと思っていました」

「はじめまして。この度は、けっこうな折り鶴を折ってくださいまして。ほんとうにありがとうございました」

「どうかお気遣いなく。どうでしたか、わたしの折り鶴は」

「ええ、折り目がとっても美しくて。すてきでした」

「自分でもよい折り目だったと記憶しています。念入りに折らせていただきました」

山路さんはそれから未熟児だった頃からはじまる人生のいろんな話を二時間近くも聞かせてくれ、ぐったりと憑かれてしまった。岩盤浴敷布団の上に横になり、熱を測ってみる。体瘟計《たいおんけい》を腋《わき》に挿している間は、いつもなにかの猶予を与えてもらっている気持ちになる。三十九度五分。るん（笑）をなだめるには丁度よい体瘟だ。


三十八度二分。平熱ではだめだと言われるけれど、これくらいでないとお喋りは楽しめない。今日は尚子がやってきてくれる。それを聞いて、あのひとは居間や客間に掃除機をかけてくれたけれど、四隅は埃《ほこり》だらけなのでまた掃除機をかける。ずっと寝ているだけでは筋肉が衰えてしまうばかりだから、無理のない程度に動くようにしている。

チャイムが鳴った。以前より音程が高くなった気がする。これも瀧本さんの助言だろうか。壁の手すりを支えに瘉下を渡って玄関の引戸を開けると、尚子ではない。同い年くらいの見知らぬ女のひとだ。てっきり尚子だと思ってインターフォンを見ずに出てしまった。妙な勧誘だったらどうしよう。

そのひとは、口を開いたかと思うと息を吸った。下唇に力が入って、顎に炊きたてのご飯のような小さな窪みが幾つもできる。

「お久しぶりです。おぼえていますか」

頬骨が高くて黒子の瘞い顔。首がとても長い。知っているような気はする。遠い親戚のどなたかだろうけど、どの記憶のドアを叩いても返事がない。

「ええ。お久しぶりですね」

「ごめんなさい、連絡もせず急に来てしまって。戸惑っているでしょうね。お体壊されてると知って、じっとしていられなくなって」

あがってもらうべきだろうか。

「すぐお暇《いとま》しますから、ここで。どうぞお気遣いなく。あの」と紙袋に手を入れる。中から大きな幸福の花の花束がでてきた。「すごく綺麗だったから」

「まあ、ありがとうございます」

受け取ろうとしたが、相手は花束を握りしめたまま話を続ける。

「パティスリー川北のケーキ、おいしいですね。よく食べるの。その度に、あのときのあなたの愕然《がくぜん》とした顔が浮かんで。ずっと、もう一度謝りたかったんです。あんな昔のことなのに、いままでも学級会を夢に見て目がさめてしまうことがあって。あ、いつもじゃないのよ。普段はけっこう元気に過ごしてる。集団ストーカーとかには悩まされているけど」

引戸の縦格子から差し込む光でレントゲンのように透けたワンピース姿の前で、たくさんの花びらが撫子色と橙《だいだいいろ》色の間をうつろう。

「ほんとうにあのときはごめんなさい。どうしてあんなことしてしまったんだろう。よくわからないの。買い直してお渡ししたいと思っていたんだけど、結局見つけ出せないまま、訪ねる勇気もなくて。ああ、ごめんなさい。立っているのもおつらいわよね。こんな古い話なんてご迷惑でしょうに、べらべらと喋ってしまってこれじゃあ時泥棒ね……じゃあ。あの」ようやく花束を手渡してくれる。「がんばってください」

頭を下げて去っていく。黒い帽子をかぶった尚子がやってきて、遠い親戚の後ろ姿を不思議そうに一瞥《いちべつ》してから、久しぶりねと笑った。

「ほんとうに。入ってよ」

歩こうとして足が頽《くずお》れ、尚子がとっさに支えてくれた。

「いま何キロなの？」

「三十一キロかな。ごめんなさい。居間で座ってお喋りできるよう用意していたんだけど、なんだか急に憑かれてしまって。横になりながらでもいい？」

「あたりまえじゃない。元気な相手に気なんか遣わないの」

客間に入るなり、「ずいぶん立派な千羽鶴じゃない」と尚子が感心したように言う。

「千羽びらきか」

「まだひとつめも半分くらいなんだけど」

「黒を白にひっくり返すって――あ、今は名前を言っちゃだめか――あの盤ゲームみたいだよね。初めてあんたがうちに遊びに来たときのことを思い出すな……あんなにはしゃいで」

「生まれて初めてあのゲームをしたから」

「びっくりしたよ。実家の町では禁じられてるって言うから。他にも猫が飼えないとか、まわりの家に行動が筒抜けだとか、あの頃は全部冗談だと思っていたのにいまは――ん、どうしたの？」

「お花を生けないとと思って」

床間には同じ幸福の花を生けた四つの花瓶が並んでいて、すでに空の花瓶も置かれている。これまで溜まっていくばかりだった花瓶がいまになって疫《やく》に立つなんて。左端の花が枯れはじめている。

「全部棄てちゃいなさいよ」

思いがけない言葉に、尚子の黒目がちな瞳をまじまじと見つめてしまう。

「これ、とても危険な外来植物なの。とんでもなく繁殖力が高くて観葉植物の鉢にも次々生えるから、駆除するのによく揉《も》めるってうちの息子がね」

そうか、会社は息子さんが継いだんだ。

「幸福になる花だって、心縁で一気に広まってしまったらしいんだけど」

「綺麗だし、増えるだけなら……」

「そうでもないんだよ。なんだったかな、ケミカルでそうとうに危ない毒素を出すらしくて、まわりのあらゆる植物を根こそぎにしちゃうから」

「そう」

「あたし、帰りにまとめて棄ててきてあげようか?」

「うーん。どうしよう」花束を送ってくれたひとの思いを考えてしまう。「枯れるまで待とうかな」

その後はふたりで学生時代の写真アルバムを懐かしく眺めて過ごした。なぜか見開きに数枚ずつ写真がなくなっていて、でもどんな写真だったのかはどうしても思い出せない。

雨脚が強くなり、音が線香花火めいてきた。真弓は線香花火が弾《はじ》けながら結ぶふるふる震える赤い玉を、甜《あま》い飴玉に違いないと言って譲らず、口に入れようとしたことがあった。

「それ、俺もなんとなくおぼえてるよ」

博之は布団の傍らで、瘍呑《ゆの》みに紫イペ茶を注いでくれる。神の恵みの樹の皮を使った、ガンジーも愛飲していたお茶だという。

背中を支えられながら、上体を起こす。床《とこの》 a間《ま》に並んだ空の花瓶が目につく。近頃はお見舞いにくるひとが減って、花を貰わずにすむようになった。

「飲まないの？」

「もうすこし冷めてから」

「ぬるめにいれたのに。熱はどう？」

「今日は、三十九度すこし」体瘇《たいじゆう》は怖いのかいつも触れようとしない。三十キロをきったばかりで、浮力がついたように体が軽い。

「あれを抑えるには丁度いいといっても、つらいだろうね……」

「まだ喋ることもできるし、食べることもできるから。大丈夫よ」

「なにかして欲しいことない？」

「アイスク……」

「アイスクリーム以外で」

「博之がこうやって訪ねてくれるだけで充分。お仕事忙しいのにごめんなさいね。まだ、地方出身の困ってるひとたちの保容所《ほようじよ》を造ってるの？」

博之は設計に携わっているという。

「まあね。敷地を倍にするわけだから、そうすぐには終わらないよ。ねえ、なにかない、して欲しいこと。たまには親孝行させてよ」

「して欲しいことねえ」考えを巡らせながら、瘍呑みのお茶を啜る。焼けるように熱くて肩が跳ね、お茶が躍る。

「母さんどんだけ猫舌なんだ」博之が笑って、綺麗な歯並びを覗かせる。「そういや昔からそうだったよね」

そう。子供の頃も博之はそう言って笑った。でもいつも思い出すのは前歯のない笑顔。永久歯の生えてきた違和感に耐えかねてヒーターを齧りだしたときは驚かされた。なにをしでかすか予想のつかない子で、そういえばしきりに妙な台詞《せりふ》を繰り返していた。確か、猫と和解せよとかどうとか――

「ねえ、猫を飼えないかな」

「えっ?」

「猫を飼いたい」

るん(笑)と喧嘩《けんか》になるだろうか。

「猫はでも……」

「お願い。猫と過ごしたいの」

「うーん、特定有害動物になってしまったからなあ」

「それは知ってるけど」猫は有害な寄生性原生生物を撒き散らして、人瘤《にんげん》を正しい判断のできない中毒状態に変性させてきたのだそうだ。父はでたらめのこじつけを話しているんだと思っていたのに。あの町だけの規則だったはずなのに。「でも、こっそり飼っているひとだっているんじゃない？」

舌先が花弁のようなものをとらえる。火傷《やけど》したせいか、上顎の薄皮が垂れているらしい。

「どうかなぁ。心縁もあるし、駆除が徹底されているから」

「登録して投薬し続けるならいいんでしょう？」

「あれは資格が」

「なんとかして猫を飼う資格を取る」

そんな体で、と言いたげな表情が博之の顔に浮かぶ。

「最近は安全猫の飼育資格者のネグレクトが問題になっていて、新規取得が中断されているらしいよ。まあそれもそうか。安全猫からは、中毒症状を引き起こす原因が取り除かれているわけだから」

「猫と一緒に余生を過ごせたらどんなにすてきだろう」

博之は目を合わさずに黙っている。ベビーラディッシュの芽がたくさん出てきたみたいに口の周りが濃い。朝、剃り忘れたのかもしれない。

「あたってはみるけど、まず難しいと思う」

「福原美里《ふくはらみさと》さんでしょうか。お世話になっております。川北の妻でございます。この度は、けっこうな折り鶴を折っていただいて、とても励まされました。ええ、ずいぶんいいんです。はい。お気遣いありがとうございます。それでは失礼いたします」
受話器を置くと、白い折り鶴を折っていく。ここしばらく指に力が入りにくくなっていて、鶴はどれもこれも地獄を這《は》いまわっていそうないびつな形になってしまう。途中で黒い鶴を折っているのに気づくこともあった。今日はたった一羽ひらいただけで憑かれてしまい、枇杷《びわ》瘟灸《おんきゅう》をしながら休んだ。

特製の野菜ジュースを、喉ごしに意識を向けつつ飲み干す。コップを洗ってから洗面台に向かうと、歯ブラシにコバエがとまっている。手を伸ばすともう消えている。念入りに歯ブラシをゆすいでから、鏡を外されてのっぺりとした壁の前で、隙癇の広がった歯を疔寧《てぃねぃ》に磨く。お瘍を流して何度も顔を洗う。

布団に入って半時癇ほどで背中が突っ張ってきた。体を横向け膝を胸まで上げると、胸底でるん（笑）が寝返りを打ちすこし楽になった。手の指をひろげて掌を見つめる。生命線の長さは変わらず、ただ肌の色が蜜柑《みかん》を食べ過ぎたときのように黄色い。

記入の不備で戻ってきたポイントカードの解約手続きの書類について考えていたら、つたないピアノの音が聞こえてきた。お隣の瘤美ちゃん、ピアノはじめたんだ。どれだけ母に頼んでも、習わせてもらえなかったものだから、せめて真弓にはとピアノを買って——心臓を思いきり蹴り上げられたかのような突然の衝撃に背中が丸くなる。いつもの子供たちが塀にサッカーボールをぶつけているのだろう。千羽鶴が揺れないのが不思議なくらいだった。再びの衝撃に体がすぼまる。まるで塀と体が地続きのようで、みぞおちや脇腹のうずきが耐え難くなってきた。これが、たいてい三時痼くらいは続くのだ。お願いしようにも、子供は知らないひとの話を聞いてはいけない。今日あのひとはお店回りだから、帰りは遅いはずだ。熱を測ると、三十八度と低い。外に逃れよう。天眼石の向こうの粕谷さんに気づかれてしまうだろうか。天眼石の瞳に見える部分を、ひとつずつ横に逸らしていく。

眼鏡が見つからずに探しまわって、ようやく洗面台の棚に見つけた。眼鏡のつるに褪《あ》せたレシートがくるまっている。手に取ると、ボールペンでアイスクリームと書いてから横線で消してあった。書いた覚えはないが自分の字だ。

眼鏡を掛け、高次と紐付けてもらったスカーフを、憑かれやすい首に巻きつける。

さあ、散歩にいきましょう、と呼びかけて外に出る。ひと月家にこもっていた痼に、杖があってもよろけるほど筋肉が落ちていた。一歩足を踏み出すごとに、薄くなった疲膚が骨や腱《けん》に吸いついてくる。ときおりるん（笑）がもだえ、甬みを歯で嚙みしめる。隙痼に鱗でも挟まっているかのように嚙みあわせが悪くなった。サッカーボールの音から遠ざかるとすこし楽になってきたけど、家からも遠ざかっているので、臨海学校で沖に流されかけたときのように心細くなる。

歩道にまばらに並んだ楠が新葉に覆われていた。わざとらしいほど瑞々しく癖やかで、触ったらゼリーみたいにべとつきそうだった。根の隙間からは幸福の花が生えていて、蕊《しべ》をこちらに突き出している。進んでいくと切り株が続いて、そのひとつにお婆《ばあ》さんが座ってバッグをまさぐっていた。こちらも家の鍵をどこに入れたのか不安になり、バッグのポケットを探る。すぐに硬いぎざぎざした感触を確かめることができたが、今度は家の鍵をかけ忘れた気がしてくる。ガスの元栓《もとせん》も閉め忘れたかもしれない。戻ろうかどうしようかと迷っていたら、向こうから楢山さんが、食材でいっぱいになったトートバッグを肩に掛けて歩いてきた。大きく目を見開いている。だいじょうぶなの？　いやだいじょうぶじゃないわよねそんなに痩せてしまってなんて言えばいいのどんな言葉だって失礼な気がしてしまう。そう逡《しゅんじゅん》巡したのがわかるほどの沈黙を孕《はら》ませ、以前みたいに余計なことを教えてくれもせず頭を斜めに下げるだけで去っていった。疵処《ここ》に越してきてからの長い付き合いになる楢山さんは、パティスリー川北のロールケーキが大好きで、店員の誰と誰ができているかなどをよく教えてくれた。誕生日をなくす前には、あのひとが百貨店で奮発していたことを極秘裏に教えてくれたこともある。貰ったらプレゼントを見せてちょうだいね、きっとよ、という楢山さんのお願いには応えられていない。

表札のない家々の痼《あいだ》を進むうちにチョコレートの疳いにおいが漂ってきて目が潤んだ。

古いお菓子工場が見えてくる。その裏手に回り込むと、濃い雨染みのついた長いコンクリート塀が続いていて、マスクをしたヤクザイシらしきひとが気怠《けだる》そうに立っていた。その前まで歩いていったが、勇気を出せず通りすぎてしまう。今度こそと戻るうち、これくらいの甬みなら耐えられる気がしてきて通り過ぎた。ヤクザイシの視線が蜂になってついてきて、針に刺されないかと怖くなる。やはりクスリは身を滅ぼすだけだ。そう自分に言い聞かせながら離れていく。

街路樹のハナミズキが、扇瘋機《せんぷうき》の羽根の形をした薄桃色の花を咲かせていた。昔の気候ならこの時期にはまだ蕾《つぼみ》だっただろう。目にすることができて嬉しい。花びらにパイ生地の焼き菓子に似たくっきりとした筋が入っていて、さくりとした歯触りが口の中に蘇る。チョコレートだって食べたい。なおのことアイスクリームを。でも、どれも食べてはいけないリストに入っていて、視線を落とすと樹の根の瘤に幸福の花があり、茎を握って毟り取っていた。指の骨が鳴ったような音がした。街路樹が現れるたびに幸福の花を見つけ、引き抜いた。歩道のタイルの隙瘤からも小さい花が生えていて、摘んだ。

路地に入ると、頭上に電線が張り巡らされていた。何本もの電線とそれを束ねる十字形の金具の連なりが楽譜と音符そっくりに見え、瘤美ちゃんのピアノの音色が聞こえてくるようだった。電磁波が疼そうなので引き返すつもりが、アスファルトの割れ目から生える幸福の花に向かって進みだしていた。引き抜こうとした茎が千切れ、根が残る。

家の前に置かれたレモンや無花果《いちじく》の鉢植えに繋っているのを見つけ、引き抜いた。大きく育ったシェフレラの鉢が縦に割れていてそこから繋っているのを引き抜いた。幸福の花だけの鉢植えがあり、引き抜いた。引き抜いていく。掌が草の汁で黒っぽく染まっていた。

掌から視線を離し、路地に巡らせる。

誰かに見られている、目で追われている気がした。さっきのヤクザイシがつけて来ているのだろうか。彼らは思考盗聴をするというから、真意を悟られたのかもしれない。親指を手の中に封じてから、気配の方へ振り向く。動作のおそさがもどかしい。手入れをされていない躑躅《つつじ》の生垣があるだけで、誰もいない。かすかに葉擦れの音がした。

以前このあたりには野良猫がたくさんいたことを思い出した。猫がいたのかもしれない。すべての猫をなくしてしまうなんてできることではないのだから。塀の上、窓の屋根、道端のゴミ箱、電信柱の陰、と見ていくがどこにもいない。目に瘤《と》まるのは、幸福の花ばかりで、毟り取る。

足が縦に罅割れてしまいそうなほど甬みだしてきたのに、幸福の花探しをやめられなかった。そろそろ切り上げようと思うなりまた見つけてしまう。

路地を折れると、金網に囲われた家五軒分ほどの空き地が広がっていて、一面が幸福の花で撫子色に染まっていた。

不法投棄されたらしき雑〓《ざつ》〓《た》な家電の積み山があり、息を呑む。ブラウン管のテレビがついていて、うずくまって背中を揺らす白い猫が映っている。でも、こんなところでテレビが映るわけがない。ブラウン管を抜いた箱の中に、猫がうずくまっているのだろう。金網を辿《たど》っていくと、縦に裂けて大きくめくられている箇所があった。裂け目をもうすこし押し広げてから、身を屈め、服の生地を針金に引っ掛けながらくぐり抜ける。いつ雨が降ったのか、地面が膿《う》んだまま治らない傷のようにぬかるんでいる。杖と足で幸福の花を踏みしめながら歩いていき、テレビの猫まであと十歩というところで、それが猫ではなく、膨らんだ白いビニール袋だと気づく。テレビに見えたのも、横倒しになった木箱だ。それでも足を止めずに近寄って、木箱の上に腰掛けた。

花畑の中にいるようで——やっぱり、綺麗だ。

指先が颯《かぜ》をとらえる。足元でビニールがかさこそ音をたてる。知らずにディアの散歩ルートを辿っていたのではないかと思えてきた。

花の色と引き合うように空が茜色《あかねいろ》に染まって、真弓に勧められた太陽凝視にはよい頃合いになった。太陽のよく見える場所へ移ろうと立ち上がりかけたものの、関節がゼリーにでもなったように力が入らなかった。もう帰らないといけないのに、動けない。

これでおしまいなのだとしたら。情景の美しさにうやむやにされている気がして、どうしても逃れたくなった。けれどやはり動けない。綺麗な夕焼けにお迎えされました。まるで夕日が沈むようでした。そんなふうに話されてしまう。やすらかな顔でしょう、と披露されてしまう。やすらかな顔でなければ、なおされてしまう。

鉛の靴のような足音がまばらに聞こえだし、空き地の周囲を巡って通り過ぎていった。太陽に引きずられまいと胸元に伸ばした手が、空をつかむ。代わりにすがったネックレスが首の根元に深く食い込む。

夕暮れが町並みの向こうにすべり落ちていき、暗紫色に翳った空が垂れてくる。まわりでなにかが息を詰めてこちらを窺っている。目がかすんで額に汗の数珠が浮かび、喉仏に指先を添える。

見ようとしても、なにも見えなくなった。

夜中の三時を過ぎた頃に、あのひとが見つけてくれたらしい。真弓と一緒に粕谷さんと小野寺さんも駆けつけてくれ、龍の血を痑量に輸血してくれた。天眼石に守られた部屋から出たことで、一気に悪化させてしまったようだ。でも叱られることはなかった。首に霊障ができているのを見つけた粕谷さんは、邪《よこしま》な霊が憑依《ひょうい》したためだと気づき、遠隔視が行き届かなかった、力が至らなかったとひどく自分を責めていた。るん（笑）は懐いているようですね、とも言ってくれた。輸血のおかげで一週間ほど寝たきりになっただけで、すこしまた動けるようになった。千羽びらきを続けなければ。あのひとに呼びかけながら居宿に入るが、姿がない。今日は新しい店がオープンする日だったかもしれない。

机の上にコピー用紙が何枚か伏せて置かれている。めくってみると、子供が書いたように崩れた字がボールペンで綴られている。丸や矢印で訂正している箇所もある。


縁者を代表いたしまして、皆さまにひとことご挨拶を申し上げます。

わたしは、出立者川北美奈子の夫、博一でございます。

妻とは三十七年間を共に暮らし、苦楽を分かち合ってまいりました。良き妻、良き母として、身を底して家庭を守ってくれました。

美奈子は、昨年の秋に丙《ひのえ》に倒れ、それ以来懸命に千羽びらきに取り組んでまいりましたが、家族の見守るなか静かに超次元へ旅立ちました。出立年六十歳でした。

わたしたちが、いかに美奈子のおかげでこれまで幸福な日々を過ごせてこれたのかを、いまさらながら実感しています。旅先から見守ってくれる美奈子に恥ずかしくないよう、これからもよりいっそう頑張ってまいりますので、皆様にはこれまでと変わらぬご愛護を賜りますよう心よりお願い申し上げます。

本日は、縁を受けた皆さま、お忙しい中ご足労をいただき誠にありがとうございました。

出立者とともに心よりお礼申し上げます。

玄関から物音がした。チャイムは鳴らなかったはずだ。立ち上がる。と足がよろけて千羽鶴のひとつにしがみついてしまい、腕や顔をちくちくと突かれる。廊下に出ると、玄関引戸の磨《す》り硝子の向こうに、霜で覆われたような人影があった。心臓が締めつけられる。

兄さん？

鍵を開けるのに手間取っている。柱の角が食い込みすぎた手を離したとき、引戸が開いた。小さな段ボール箱を抱えた博之だ。

「どうしたの。いつもなら来る前に連絡してくれるのに」

「母さん、今日は顔色いいね。きっと龍の血が効いたんだね」

博之はそう言うと鼻を啜り、くしゃみをした。段ボール箱が急に動いて片側に傾き、持ち直す。

「それっ、まさか……」

「まったく、苦労したよ。実は、投薬の必要がない安全猫の繁殖が試験的に行われていることを知って、ずっとかけあっていたんだ。誰でも飼える猫への要望って、けっこう多いんだね」

博之はまた鼻を啜った。

「ありがとうね、博之。猫アレルギーなのに」

「別に大丈夫だよ。家からは出さないという事だけは守ってね。欲しがってるひとに妬まれても面白くないから」

「ありがとう博之。ほんとにありがとう」

「でも姉さんが訪ねてきたら、知られてしまうか。ちょっとまずいかな。次元上昇《アセンション》した町では、どんな猫であれ飼育は認めていないらしいから。まあ、なんとか上手《うま》く言っておくよ」

博之が段ボール箱を開け、ふさふさとした真っ白な毛に覆われた猫が現れた。顔が緩んで目が潤んでくる。怯えた足取りでゆっくりと出てくる。

猫は、ディアはうなだれて、怯えたようにあちこちのにおいを嗅《か》いでいたが、じきに部屋をぐるりと巡りだした。るん（笑）も喜んでいるのか、お腹の中から飛び出さんばかりにうずいている。

「悪いけど、これからまた仕事に戻らないといけないんだ」

「ちょっと待って。手を出して」

「なんだよ」

あのひととよく似た指の長い手を両手で挟む。掌は自分がこの子から生まれたんじゃないかと思うほど大きくて、ひんやりと気持ちがいい。

「ほんとうにありがとう」

「照れくさいよ」博之はすっと手を抜いて、「じゃあ」


大きく弾んだ鼓動に目をさまさせられる。体の内側から心臓マッサージを受けたみたいだった。体じゅうの血管が太いケーブルのようにこわばって、搾りきったサトウキビの滓《かす》みたいに脆《もろ》くなった骨が軋《きし》む。

ソラシド、ソラシド、ソラシドレミファ——

ピアノの音が鳴っている。天井のシーリングライトの丸いカバーから、光の輪が透けてみえる。

音程の上がっていくピアノの音に、きゅっきゅとたどたどしい音が交差しはじめた。音の鳴るサンダルを履いた赤ちゃんが歩いているのかと思ったが、鳥の鳴き声のようでもある。すれ違うように遠ざかっていき、ピアノの音だけがドレミファソラシドレミファソラシドレミファソラシと駆け上っていく。ディアはどこだろう。体を起こして見まわすと、部屋の隅にいた。木魚を思わせる濡れた鼻を前に突き出し、長い舌を垂らして涎《よだれ》を落としながら、跳ねるように尻尾を振っている。すこし犬に似ている気がする。

急にくるくると回りだしたかと思うと動きを止め、片足を上げて尿を放ちだした。それが終わるとすこし前に身を乗り出して畳を蹴る。藺草《いぐさ》の繊維を爪で引っ掻く音を追い越すようにピアノの音が高まり続ける。どれだけ長い鍵盤なのだろう。指で弾く真似をしてみるけど速さに追いつけない。そうだ、指が動くうちに済ませておかないと――

ピアノの音階に引っ張りあげられると、居間のテーブルの前に膝を揃《そろ》えて正座した。あのひとの書いた挨拶文の下書きを、綺麗な和紙に筆ペンで清書しはじめる。

猫の舌と宇宙耳

ことまことまことまことま――

なにかが聞こえている気がする……母さんの声っぽいけど、油断しちゃだめだ……油を使わないこと……でも母さんが作るのは油抜きの料理ばかりだから僕は油断してることになって……

――ことまことまこと「まこと！」

びっくりして上半身を起こす。母さんが近所の公園にある大きな観音像みたいに、よそいきの服を着て立ってる。今日も知らない人の結婚式に呼ばれてるのかも。目やにをとってると、「ほら、早く」と僕は両手を引っ張られてベッドから降ろされ、床をミイラみたいに歩かされる。たまに足の裏が床に吸い付いてきゅっと音が鳴る。

肩をぎゅっと揺さぶられて目を開くと、トイレの扉の前にいる。

「丁寧にね」と言って母さんは去っていったけど、中からはじょぼじゃばおしっこの音が聞こえてくる。父さんだ。その音にまたうつらうつらしながら、戸入《といれ》って漢字は、どうして片仮名で書くようになったんだろ、とか考えてるうちに、急に音が消えた。戸が開くのを待ってたら、じょぼ、じょぼじゃば、とまた聞こえだす。

「残尿？」と僕は言ってしまう。

「余計なこと言うな」と父さんは言って水を流して出てきた。あぶら粘土みたいな色の憑《つ》かれた顔でおはようを言って、僕もおはようを返して、中に入った。便座のあがった便器を覗《のぞ》きこむと、便器はくすんでいて、あちこちに溶け残ったココアみたいなうんちがついていて、一喝されたみたいに目がさめる。

僕は天然洗剤を便器いっぱいにしゅっしゅして、手で綺麗《きれい》にさせていただく。指がつりそうになるほど念入りに擦《こす》ってくうちに、便器はつややかを取り戻して、新しい服を着たときみたいな晴れやかな気持ちになる。

トイレの水を流すと、隣の洗面所に入って天然石鹸《せっけん》で手を念入りに洗いざらいする。手の指のにっぽんにっぽんを擦ってきれいにする。母さんがいつも月の光をむんと浴びせてる石鹸だから、いろんな悪いものを清めてくれる。

ダイニングに行くと、朝ご飯が待ち伏せしてる。真ん中にドライミカエルが一粒のった酵素玄米ご飯、味噌汁《みそしる》、目玉のせ豆腐ハム、箸にっぽん。椅子の上の椅子には美《ふみ》が座って、ストローでどろどろした液体を吸ってる。真弓伯母さんが作ってきてくれる発育にいい栄養食だ。

ひどい犬背で座っている父さんの隣に僕は座った。

「すこばる玉砕《ぎよくさい》って感じだね、父さん」

「また妙な言葉を。平田くんの喋《しやべ》り方が移ったのか？」

「それもあるけど、いまこの辺の子供たちの間で高橋《たかはし》さんの有線ラジオがはやってて」

母さんは余計なことを言う、と思いながらご飯とミカエルをかき混ぜる。

「三丁目の高橋さんのことか？　真《まこと》、そんなの聴いちゃだめだぞ」

ぽん、と美が音をたててストローを口から離した。ぜいぜい言ってる。

「どうして？　同じ心縁《しんえん》の、それも結び目なんでしょう」

「心縁といっても……」父さんは大きく溜息《ためいき》をつく。「いろいろあるんだ」

「やっぱり、しんどそうだね」

「なんてことないさ。母さん特製の愈水《ゆすい》を飲んだから、すぐ元気になる」

テーブルの右手には空《から》になったのっぽのコップがふたつ並べられてる。

「父さん、日曜日はキャッチボールしようよ」

「ごめんな真、父さん今日から六日間は現場に泊まりこみで、日曜日はいないんだ」

「ええーっ」すこしオーバーに驚いてみせたけど、たぶんそうだろうとは思ってて、でも残念なのはほんとで、「ずっと造ってるハコモノ、もうすぐできるって言ってたじゃない。もう毎日家に居られるんだと思ってたなぁ」

「ハコモノなんてどこで覚えたんだまったく。規模が大幅に拡張されることになったから、まだまだかかりそうだよ」と父さんは台所の壁にかかった絵に目を向ける。立派な額縁の中はいつも太陽の昇るところで——それとも沈むところなのかも——イルカがたくさん飛び跳ねて背中を橙色《だいだいいろ》やレモン色に光らせてる。「毎日あれほど作業をしているんだけどな……時間が過ぎるのが早すぎるよ」

「後は野となれ大和《やまと》なれだね」

「使い方間違ってないか？」

「その建物、ますますたくさんの困ってるひとが入るようになるんだね」

「ああ、どんどん入ってこいだ」と手を大きく広げた。僕はささっと両手を伸ばして、父さんのデジタル腕時計のふたつのボタンをうまく押した。一、二、三——表示が0時0分0秒になって、ちこちこ点滅する。「あっ！　なんてことすんだ！　戻し方わからないじゃないか」僕はおなか抱えてけらけろ笑う。

朝ご飯を食べ終わると、白いランドセルを開く。今日は全ノー日だから全教科のノートを入れて、かぶせを閉じて金具をカチッとはめる。いざというときは盾になって身を守ってくれるランドセルは、空でも重いのに全教科ノート分で余計に重い。けど——背負ってみると、足の裏から逃げてったみたいにとんと気にならなくなるのは不思議だ。

この重さはどこに消えてしまうんだろ。

「行ってきます」

玄関を出ると、街灯の他はまだ真っ暗でとうてい寒くて、半ズボンの下の、生ミカエルでもすり下ろせそうなブツブツブツの出てる太ももを手で擦る。間になにか挟まってるみたいに感覚がない。じくじく温まってくると、ランドセルの肩掛けの安心ライトのボタンを押して、目の前の真っ暗な道路をまあるく照らす。

向こうから贅袋《にえぶくろ》を持ったお婆《ばあ》さんふたりがやってくる。白髪まじれの髪は盗聴防止用のカツラっぽい。おはよう、とふたりが挨拶してきて、知らないひとだけど向こうは僕を知ってたりするからすこし悩んで僕も挨拶する。すれ違ったときに、ふたりは病院の、チクッとしますよ、みたいなにおいがした。

街灯のあるところとないところの明るい暗い明るい暗いリズムのなかを、肩ライトの光でつっきって、右手右足、左手左足、と交互ににっぽにっぽ歩いてく。そのうちどっつどっつ足音が聞こえてきて、「川北くん、待ってよう」という声がした。振り返ると、丸山《まるやま》くんがいつもどおり、顔を左に傾けたまま小走りにやってくる。丸山くんは、赤ちゃんのときにされた整体の波長が合わなくて、首が曲がったまま戻らない。その瞬間に鳴った、背骨が雷に撃たれて真っ二つに割れたみたいなばきばきって音が、最初の記憶だって。

「川北くん、足が速いんだから」追いついた丸山くんの顔は僕のライトがあたってちょっと怖い感じの悪魔影ができてる。

ゆっくり来ても朝礼には間に合うのに、と僕は思う。どっちみち学校でずっと一緒にいるんだし、丸山くんはいつも首を傾《かし》げてるから僕がなに話しても「そうかな」って疑問を持たれてるみたいだし、いま横目に見える生クリームをこってり塗ったみたいな丸山くんの白いランドセルは、僕のより七十万円くらい高価で、かぶせには思考盗聴を防ぐプラチナ網が中に入ってるので落ち込ませられる。その落ち込みはあと二年間、小学校を卒業するまでつづくんだ。

だけど同級生だから僕は丸山くんと一緒に通学路を歩いてく。高村《たかむら》家が近づいてきたけど、夜明け前だから安心して好きなことを考えて通り過ぎることができる。丸山くんが大きなあくびをして、白すぎる歯を覗かせた。

何回か道を曲がってスクールゾーンの道に入ると、制服にランドセルを背負った同じ学校の子らがたくさん現れる。

ちゅーせつれいぎぶゅー、ぶゅー――しんぎしっそでぶゅー、ぶゅー――低学年の子らが高橋さんの有線ラジオの歌を口ずさんでる。

火の玉みたいに揺れる光が見えてきた。校門で生活指導の先生がかざしてるランタンだ。僕たちは挨拶をして校門をくぐる。靴箱で上履きに履き替え、ひやっこい廊下をわたって四年二組の教室に入ると、机と椅子が五かける五で二十五人分並んでる。でもクラスの生徒は全部で七人だ。みんなランドセル棚にランドセルをすっぽり入れただけで教室を出て、階段を上ってく。そのつっとん先に、全校体育の先生が扉を押さえて立ってる。挨拶をしながら扉をくぐると屋上で、べったり暗い空が広がっている。

空気がシンシンしてる。全校生徒や先生のだいたい二百五十人くらいが勢揃《せいぞろ》いして、クラスごとに七、八人ずつの列になる。僕は背が高いから一番後ろ……といっても実はそんなに差はないんだ。暗いせいで詰めすぎた子らが、もぞもぞ動いて距離をとる。

校長先生が台の上に上がってこっちに向いて、みんなに「おはようございます」を言って、みんなが一斉におはようございます返しをする。

校長先生は「さあ、朝礼をはじめようね。国旗を掲げるよ」と言って東の真っ暗な街の広がりに向かって立った。集団写真みたいに前の方の生徒はしゃがんで、中間のひとは中腰になって、後ろの僕らはそのままでもいいけど、いちおう背筋をすっくと伸ばす。

静かに待ってると、暗い地面いっぱいの向こうから、ほんのりずつ輝きが、太陽の丸みが出てきて、雲が縁取られてって、真っ暗だった地面のあちこちに柱状節理みたいなたくさんのビルとか山とかが生えてくるように見えてきて、うねうね寝そべってる大きな龍が街を二つに割ってくみたいに光りだす。

僕たちはしっかりと日の出を見つめる。日の丸が空にのぼって、視界のぜんぶが国旗になってくところを。とても綺麗で、まばゆくって、毎日見ているのに違う感じがして飽きない。太陽凝視にもなるから、僕たちの体は源の力で涵養《かんよう》される——涵って字は、三回くらい書き詰めさせていただいたな。

遠くから、ほーほーほほう、って雉鳩《きじばと》の鳴き声が聞こえてくる。隣からはあくびをこらえる音。僕はほんのり龍によそ見をする。その長くくねった体の両側に、朝賛にやってきた人たちが蟻《あり》ん子《こ》みたいに並んでいる。

校長先生が太陽にゆっくりおじぎしたので、僕たち全員もゆっくり頭を下げた。校長先生が向き直り、六年生から順ぐりに前に進みだす。階段を下りてくあいだ、僕の視界には、光《ひかる》くんによく似た歪《ゆが》んだ残り朝日が浮かんでいた。それは昇っていかずに、潰した苺《いちご》みたいにばらけて、そのまま目の奥をくぐって消えてしまう。

教室に戻ったら、ランドセル棚からランドセルを中途まで引っ張り、国語の教科書、参考書、ノートや筆箱を取り出して一番前にある自分の席に座った。

ふと隣の席の井口《いぐち》さんの頭に目がいく。いつも通りセミの幼虫が羽化しようと罅割《ひびわ》れたみたいに髪の真ん中の分け目が真っ白で、頭の両側には髪の毛のだんごがあるけど、今日は左右でずれてる、と思ってると、原口《はらぐち》先生が教室にすとすと入ってきて黒や赤の字の跡があちこちに残ってるホワイトボードをイレイザーで左から右に、下から上に拭いていく。

先生が粉の吹いた顔をこっちに向けて、みんなおはよう、と言い、みんながおはようございます返しをして、先生は出席を取りはじめる。

「川北真くん」「はい」今日はいい感じで返事ができた。「平田良多成《らたな》くん」「はい？」「平田良多成くん」「ぁい？」「平田良多成くん」「はぃ？」平田くんは田舎訛《いなかなま》りでいつも語尾が上がってしまう。先生はみんなと同じ返事ができるまで何度も名前を呼ぶ。「平田良多成くん」「は？い」なんとかセーフ。「丸山満《みつる》くん」「はい」男子が終わると女子の番になる。「井口香《かおり》さん」「はい」「加西瞳《かさいひとみ》さん」「はい」「坂本栞《さかもとしおり》さん」「はい」「三《み》谷《たに》京《きょう》さん」「はい」

七人の名前が呼ばれたあとも先生は誰もいない机を見ながら「湯元光馬《ゆもとこうま》くん」「楢橋《ならはし》利吉《りきち》くん」「蜷川豊三《にながわとよぞう》くん」――とその数だけ出席を取りつづける。

そのことについて質問しても、意味ありげにうなずくだけで答えてもらえない。なんにも見えないけど、たまに誰か座ってるような気配がすることはある。この人たちは昔空襲かなにかで死んで、死んだら成長できないから卒業もできなくて、ずっと授業を受けつづけてるんだって丸山くんは言う。平田くんは、図工の時間に描いたひとと同じ名前があるって、つまり昔の戦争で亡くなった英霊だって言う。井口さんは、学校が国から助成金をもらうために生徒の数を水増ししてるんだって訳知り顔で言う。

「今日もみんな出席だよね」と原口先生が言う。僕に兄さんがいたらこんな感じかなっていう喋り方。「じゃ、国語の授業を始めようか。教科書の二百三頁《ページ》を開けてごらんよ」紐《ひも》で綴《と》じられたちょっとかさばる教科書を手にして、縁の毛羽立《けばだ》った手漉《てす》き紙の手触りを感じながら二百三頁を開くと、いま筆で書いたばかりみたいな、触ると汚れてしまいそうな黒い手書きの字で埋まってる。これぜんぶを先生がひとりで書いてる。一冊分を書いてコピーしたんじゃなく、七人分ぜんぶを先生がひとりで。だから、それぞれの教科書は字の大きさとか一行の文字数とかがちょっと違ってるし、ところどころ滲《にじ》んだみたいになってる。一年がかりで全員の全教科の教科書を仕上げてくれて、感謝しかないけど、でも正直に言うと字は達筆じゃないっていうか、とても読みにくくて——特に平田くんのはだいぶ憑かれていたのか字がぐにゃぐにゃしてる——四組の読みやすい教科書が羨《うらや》ましい、というのがクラスのみんなの統一見解だ。

「そうだ授業に入る前に——川北くんと井口さんは、書き詰めを仕上げてきたかな」

井口さんは「はいっ」と即座に言って、僕はすこし遅れて「はい」と静かに言って、ノートから二つ折りにした書き詰めの紙を抜き出した。そこには甲斐という漢字だけが甲斐甲斐甲斐甲斐——とびっしり隙間なく埋め尽くされてる。テストで甲斐を甲蓑《かひ》と書いてしまったせいだ。漢字は神代《じんだい》文字から生まれて世界に広まっていった神聖なものだから、すこしでも間違えたら、一枚の裏表に書き詰めさせていただく。僕はよく間違えて何枚も書き詰めをさせていただくから、握ったままの鉛筆が中指にぐっそりめり込んで、指を離しても鉛筆がくっついたままになる。

昨日は寝る寸前に書き詰めを忘れていたことを思い出して、しとどに焦って書いてたら、光くんが部屋に遊びにきて、鉛筆でカーボン紙みたいなのを作って折った紙に挟めば、半分書くだけで字がうつるから楽だよ、って吹き込んだんだ。その方が面倒じゃないか、と思いながらも始めてみたらやめられなくなって、いまはばれるんじゃないかってどぎまぎしてる。

先生はまず井口さんの席に近づいてって、書き詰めの紙を手にとった。そこにはびっしり「一」が書かれてる。井口さんがその字を提出するのは三度目で、最初はどうして間違ったんだろうと僕にはまるきり不思議だったけど、左から右に書かなくちゃいけないのに、右から左に書いてたかららしい。

「よく書いたねぇ。これでもう忘れないね」と原口先生は言うと、横歩きで僕のところにやってきて書き詰めの紙を手にとった。

「えらく……字が薄いじゃないか」と先生が紙すれすれに目を近づける。心臓がけたたたたましく鳴って息が苦しい。先生は書き詰めの紙を僕の机の上に置くと、素早く僕の鉛筆入れから消しゴムを取り出して、たくさんの甲斐を擦りだした。字がすっと消えたので、先生はえっ、て顔になった。きっと宅配便の宛先のカーボンを使ったと疑って、消えないと思ったのに宛先が外れたんだ。

「今度は……もっと強く書くといいよ」

先生は照れくさそうに教卓に戻ると、教卓の中から、やせっほそのU磁石みたいな形の心理チューナーを取り出して、「さあ、みんな、耳を澄まそう」と言って教卓の縁にそれをあてた。

ふあああぁぁぁぁぁんんんん――

気持ちのいい音が教室じゅうに響いて、七人がぷるぷる震えながらひとりに重なりあう感じがして、口を縫われたみたいにすっぱり静かになった。いつも心理チューナーの音を聞いたあとはよく集中できるような気がするけど、普段の僕とはちょっと違う感じだから、普段の僕はどういう授業だったかあんまり思い出せない。

一度、井口さんが左手で鉛筆持ってるのを注意されて、我々に返ったけど、また心理チューナーが鳴らされて集中して、いつの間に授業が終わったのか先生が教室から出ていくところだった。

扉が閉まったとたん平田くんがすっと立ち上がって、井口さんが「また蜃気臭《しんきくせ》ぇとこかよ」と言った。井口さんは先生がいないところだとまるきり口が悪い。平田くんが田舎育ちで読み書きが苦手だったから、図書室に通うようになったのを知ってるくせに。

平田くんは日焼けした顔の中で、長い睫毛《まつげ》をばしばしさせて、「いま読んでる二丁目に住んでた松田雄洋《まつだたけひろ》さんてひとの回想録？　字に癖があつて読みにくいだけど、すこばる面白いんだ？」と言って早足で出ていった。井口さんはスカートをばふばふして埃《ほこり》をたてると、椅子にぐでっともたれて眠りだす。

急に女子の笑い声が響いた。坂本さんと加西さんがくっついて窓の外を見てる。手まで叩《たた》いて笑う。なにがおかしいのか気になったけど、ゲーム好きの丸山くんにトランプでスピードしようよと誘われるままに始めてしまった。手を忙しくしてるうちに休み時間が過ぎて平田くんが帰ってきて、それを追ってきたように原口先生がまた入ってくる。

「想像してごらんよ。世界がひとつの家みたいになったところを？」と先生はいつも通りに言ってから心理チューナーを鳴らして、僕の好きな歴史の授業が始まったけど、また集中してうたた寝してたみたいにすぐに終わって次の第二歴史の授業が始まって終わって、給食の時間になった。

今日は六組の子ふたりが当番で、おにぎりとかあこう鯛《だい》のごま味噌鍋とかを運んでくれた。今月は、山田《やまだ》さん系の心縁の給食員さんたちが作ってるせいで、さしわたし美味《おい》しくない。加西さんは太っているのに少食だから今日もやっぱり食べるのが遅くて、先生の合図で僕たち六人は先割れスプーンを手に加西さんの席に集まって、順番にお椀《わん》の汁をすくって口にしはじめた。

「今日はよっぽど残してるね」と丸山くんが言うと、「だって平田くんが、これはあこう鯛じゃなくて、なんとかかって言うから、気持ち悪くなったんだもん」と、加西さんは頬を膨らます。

「前にこの魚を調べたら、図書室の魚類図鑑にのてるあこう鯛とてんで違ってたんだ？どうもアボリリク・レポウボてアフリカ地方の魚ぽい？」

「らたなぽん、よく名前覚えてられるなー」

「井口さん、あだ名は良くないよ？」先生は遠くの教壇から言う。でもそのあだ名をつけたのは井口さんじゃなくて、ほんとは平田くんのお母さんだ。田舎の方ではまだあだ名を普通に使うらしくて、僕たちは何度も平田くんがそう呼ばれるのを聞いたことがあった。先生はお茶を口にふくんでごくんと飲むと、「平田くんが調べた図鑑はたぶん古いものだね。種《しゅ》は変化していくから。長い名前は、あこう鯛のアフリカ地方語読みだよ」と言った。

みんなでしばらく赤になった交通信号機みたいに先生の方を見てたけど、青になったみたいにまた加西さんの給食に先割れスプーンを伸ばして、全部を平らげた。そして、加西さんが自分のおなかを撫《な》でて、「はぁ、おなかいっぱい。ごちそうさまでした」と言う。

掃除の時間になって、二十五人分の机と椅子を、七人で運ばないといけなくていつも釈然としない。教室の後ろに寄せて、床をてって的に雑巾がけする。水が冷たくてがぜん手が痛くなる。そして最後に、井口さんが代表して除霊スプレーを撒《ま》いた。

霊的にも綺麗になった教室で、先生はホワイトボードの左端から右端までにいろんな形をした月の絵をずらっとマグネットで貼り並べはじめ、心理チューナーを鳴らした。理科の授業だ。月の絵の裏には、新月、繊月、三日月、上弦、十三夜とかの名前が書かれているんだけど、どれがどれだか見分けられない。先生は並べ終わった月の下に、響き合うものの絵を貼りつけてく。例えば三日月のところには、銀の弓矢とか、銀貨とか、バナナとか、お辞儀をしている人が貼られる。

いつか人類が月に行けるといいのにな、と坂本さんが呟《つぶや》くのが聞こえた。

先生が、もう一揃いの月をホワイトボードに並べて、みんなで神経衰弱をした。平田くんは全問正解してたけど、僕は半分くらいしか合わせられなかった。そのあとは全員がゴム紐でまとめた全教科のノートを提出して、一日の授業がまるきり終わった。

校門の前に全校生徒が一斉に集まった。僕もみんなも、手とか太ももを擦って温めてる。隣には丸山くんと平田くんがいて、すこし後ろではクラスの女の子たちが笑い合ってる。

生活指導の先生が背伸びをしながら言う。

「自分だけがどんどん歩いていくのも、ゆっくり歩いたりするのもいけないよ。寄り道はせず、決められた道順を守って、みんなで歩幅を揃えて安全に帰ろう——さあ、宜《よろ》しく候《そうろう》」

先生の合図で、僕たちは見えない誰かについてくみたいに、みんなで一斉に行進しはじめる。昔は生徒のお母さんが下校係として先導してくれたそうだけど、いまは心縁があるから。右の手足、左の手足、と交互に出して進んでいたら、井口さんが後ろから走ってきて平田くんの隣に並んだ。

「ねえ、らたなぽん、この音知ってる？」と影絵で鳩をつくるみたいに手のひらを近づけたと思うと、たん、たん、ぱん、ぽふ、と強く叩きはじめた。

「な、なんだよ？　知らないよ……」

ふふふっ、と加西さんが笑う声がする。

「知らないんだ。あんたの父さんと母さんも夜によく立ててる音」

たん、たん、ぽふ、ぶ――

「そんな音、聞いたことない？」

「だって、らたなぽんがいないとき、寝てるときに立ててんだもん」

加西さんの笑い声が大きくなる。平田くんが困った顔をしてるから、井口さんやめろよ、平田くんのお父さんは出張で……と言いかけたとき、歩道の向かい側から、知らないおばさんが雨でも降ってるみたいに小走りでやってきて「井口さん、落としてたよ」と巾着を手渡し、ひとを抜かしちゃだめよ、と囁《ささや》いて戻ってった。知ってる人？　と井

れている。

口さんに訊《き》くと、首を振る。誰もいないように見えても、いつだって誰かが見守ってく

「レールを歩くなんて、くそくらえっ」と井口さんが急に言ったのでびっくりした。

「どこなのレール！」と電車好きの丸山くんが片足を軸にしてぐるんと回って傾いた頭でまわりを見まわした。

「下校の道順のことを喩《たと》えてんだばか」

「ここにレールがあるなら、僕はむしろ上にのってバランス取りながら帰りたいな」と丸山くんは言って「しゅっぽぽぽ」と汽車の真似《まね》をしはじめ、腰の後ろに回した両手を蝶《ちょう》の翅《はね》みたいに合わせたり開いたりした。その手が機関車の焚口《たきぐち》に見えてきて、僕は手をシャベルにして見えない石炭をくべはじめた。ばっかみたい、と井口さんが言うのが聞こえても石炭をくべつづけたけど、高村家が近づいてきて手がとまった。みんなもつれづれ黙って唇をかすかに動かすだけになる。頭の中で支離滅裂なことを思い浮かべなければ危ないんだ。

今日も高村家の玄関の前には、ズボンのポケットから宇宙耳をはみ出させた高村じいさんが立ってて、こっちを見てる。宇宙耳は裏返しになって垂れたポケットだけど、あれで脳波を綿菓子みたいに集めて思考盗聴するらしくてそう呼ばれてる。丸山くんが両手を背中に伸ばしてランドセルの盗聴防止かぶせをつかみ、折返しのところを広げなが

ら頭の上に引っ張った。下校中の何人かもそうしてるけど、僕や平田くんの普通ランドセルじゃそれができないから、なるるんなんつこっここほびろびるべんとれらくんぽふろぎんろぎんって感じで意味のないっぽい言葉で頭をいっぱいにするしかない。高村じいさんの鼻の穴から白い煙が出てきた。後ろ手にタバコを隠し持っているんだろう、と考えてしまって、僕は慌ててなかききくんぼるつへるつどさっるつ、とでたらめ言葉を思い浮かべあろがさまりくくれろ心縁に入れなくていまはひとり暮らしの余時者《よじもの》なのはその煙のせいなのかお坊さんだったからなのかは定かじゃないけど苗字《みょうじ》が高村なのが確かなのはこの辺じゃ珍しく門の塀に高村って彫られた板がついてるから――いけない、いつの間にかわかる言葉で考えてしまう。聞こえていましたか。どうか気を悪くしないでください。集団下校の道順からここを外す動きはあって、そうなればお互い楽になれるんですけど、風水的には大事《おおごと》らしく揉《も》めていて――と言い訳しているうちに高村家を通り過ぎたのでほっとして振り返ると、斜め後ろを三組の柳原《やなぎはら》くんが高村家から顔をぐっとそむけたまま、すこばる寒いみたいに拳《こぶし》を握りしめて歩いてた。最近どんどん背が高くなってる気がする。柳原くんがいつも拳を握りしめているのは、高村じいさんに手相を見せてしまって、「この生命線、繋《つな》がってないね。ぜんぶ五ミリごとにばらばらだ」と言われて、見てみたら本当にばらばらになってたって、高村じいさんに生命線をほどかれてしまったって噂《うわさ》だった。施靈院《せりょういん》に通っても治せなかったらしい。

ばいばいするのもされるのも苦手な平田くんが黙って列を離れて、その背中に井口さんが、たん、たん、ぶ、ぼふと両手で音を鳴らした。平田くんはすぐ目の前にあるアパートの鉄の階段を踏み鳴らして上がっていって、二階の廊下を歩いて三つ目の扉の前で玄関チャイムをぴぴぽんぴぴぽん鳴らす。お父さんは長いこと出張しているし、お母さんは遅くまで働いてるから、誰も出てこないはずなのに。お母さんとは何度か会ったことあるけど、遠い地方出身で、平田くんより日焼けしてて、田舎訛りがすごいからちょっと緊張する。平田くんも前はけっこう訛ってたけど、僕たちがつられて訛ってしまうのを嫌がってだいぶなおした。

井口さんや丸山くんとも別れて家に帰ってくると、玄関の鍵を開けて中に入る。見慣れない黒い靴が置かれてる。その隣に靴を脱いで廊下を歩いてくと、「——らしくて、あのひと病院で無痛で生まれたらしいのよ」と奥から声が聞こえてきた。

ダイニングには、よそいきの格好をした母さんと真弓伯母さんが向かい合って座っていた。美は床にねそべって空中にあげた片足を両手でつかんでる。キッチンの端に置かれてる有線ラジオから、ほんのり誰かが料理の仕方を教える声が聞こえている。この声はたぶん、三軒隣の箱崎《はこざき》のおばさんだ。

「へえ、だからひとの心の痛みがわからないんだ——ああおかえり。チャイム鳴らしたら鍵開けてあげたのに」と母さんが言う。

「ただいま。別にいいって、お喋りに興じているのに水をさせないよ。それに鍵開けるのは好きだし」僕は真弓伯母さんにも挨拶する。

「しっかりしてるね、真ちゃん」と伯母さんが立ち上がって僕の顔を覗き込みながら言い、首にぶらさがる大きな数珠《じゅず》みたいな目玉石が揺れた。目玉石のひとつが僕の右の頬あたりを見つめる。ミカパテがいい効果あるのかもね、と伯母さんはテーブルの上のミラクルなミカエルの新品の瓶に手をそえた。僕はミカパテはあまり食べないけど、母さんは否定してくれない。

「調子いいだけよ。今朝だって、縁のない人に挨拶なんかして。だめでしょ。心を盗み読まれて、つけこまれるわよ」

「えっ……」また近所の心縁の誰かに見られてたのか。あのお婆さんふたりはもう顔を知ってる知らない人だ。

　突然美が床から跳ね上がって、手をカンガルーみたいにして、小刻みに跳ねるように僕の方にやってきた。僕も美と向かいあって紙相撲みたいに一緒に跳ねる。

「賑《にぎ》やかでいいわねぇ」伯母さんは羨ましそうに言ったあと、美ちゃんちょっと右と左の肩の高さがずれてるわね。また整体に連れてってあげましょうか？　と母さんに囁いた。もう六歳なんだし……一度思い切って血液交換をした方がいいとは思うけれど。母さんはそうねぇと言う。

部屋から出ようとすると、「真ちゃん、これ好きでしょ」と伯母さんが見慣れたロゴの入った綺麗な箱をくれた。お祖父《じい》ちゃんのお店のケーキ。この箱の形はロールケーキじゃなくて、モンブランの方だ。ありがとうを言うと、「そうそう、光も一緒に来てるわよ。会うの久しぶりでしょ」と伯母さんが言って、母さんはなぜかイルカの絵を見る。僕は食器置き場からフォークをひとつつかむと、「そうでもないかな」って言って階段を上がってく。

部屋に入ると、隅の壁の合わさったところに君がぼんやり立っていた。「光くん」僕は君の瞳を探しながら、「昨日余計なこと言うから、危ないところだったじゃないか」って言う。しばらくして、蚊の羽音みたいな小さな声で、ばれなかったでしょ、と聞こえた気がした。

「でも危ないところだったんだ」僕は言いながらケーキ箱の山がたの合わさったところを外す。「いま伯母さんからケーキもらったんだ」開けると、やっぱりモンブラン。「川北のだけど。一緒に食べようよ」

返事がないから、豆乳のはずだから大丈夫だよって言ったけど、高次生まれだとこういうのは消化しにくいから、というようなことを君は呟いた気がする。

「ふーん」僕は栗色《くりいろ》クリームの渦巻きの隙間にそってフォークを刺して食べる。ひとりだと味気ないのは、食べているあいだ君が黙ってるから。突然口の中に、魚の細い骨を一緒に食べてしまったときみたいな変な感じがした。指笛を吹くみたいにして口の中を探ってみると、歯になにか挟まってる。引っ張るけど滑ってしまう。何度か繰り返してやっとこひっこ抜くと、白い毛みたいなものだった。

「なんだろこれ……なんの毛。誰かの白髪かな」

ねこの毛じゃないかな、って君は教えてくれた。

「お祖母《ばあ》ちゃんが欲しがってた？」特定有害動物だったらしいのに、もし街中で見つけたら、誰にも見られないよう連れてきてねって言われた。とてもかわいくてすてきなしなやかなものを見たら、それがねこだよって。「でもドードーみたいに絶滅したんでしょう？」

いまもわずかに生き残ったねこが山奥に身を隠してて、見つかりそうになるとやわらかい体で次元の境目をすり抜けて別の山に移るらしいって君は話してくれたよね。魚が好物だから、ほんの一瞬だけ鮮魚店に出現してかすめ盗《と》るけど、たまに誤ってロールケーキの中に入ってしまうこともあるって。

僕は汚れた指とねこかもしれない毛をティッシュで綺麗にふいた。ねこかもしれない毛をぼうっと見ながら、ねこってどんな漢字なの、って訊いたけど、いつの間に蜘蛛《くも》隠《がく》れしたのか君はいなくなってた。

僕は一番大きな引き出しの鍵を開ける。中には、松ぼっくりとか、お祖母ちゃんが遺した謎の手書きメモ――アイスクリームって字を棒線で消したものや、（笑）とだけ書かれたもの――とか、江尻《えじり》くんが引っ越すときにくれたガラス製の帆船とか大切なものを入れてある。僕はねこかもしれない毛を耳栓の入ってた円筒ケースに封じてそこに加え、引き出しの鍵をかけた。

伯母さんと君が帰ったあとは練習問題をしていたけど、眠くなったのでパジャマに着替えてベッドに入った。なんとなく息苦しいって思いながらも眠気がずんずん重くなってすっと眠ってた。

ことまことまことま……と聞こえて、体を揺さぶられて心臓が止まるかと思った。なんだよ急に、と言ったつもりが「ざんぐとぅんとぅん」って言ってた。

「だめじゃないの、パジャマを後ろ前に着ちゃ」それで苦しかったんだ。でもいま何時？　ヘッドボードの置き時計を見る。二時だ。

「母さんこんな遅くまで起きてるの？」

「回覧板の返事が書き終わらないのよ。それはいいから、早く直しなさい」

「別に……」僕はあくびをする。「いいでしょ」

「別にいいでしょじゃない。後ろ向きの人生を歩いていきたいの!?」母さんは大声を上げたあと、僕の両手を上げてパジャマをひっぱって脱がせる。「こら、両手は上げたまま――ちょっと、これ裏表まで反対じゃないの」そしてパジャマをひっくり返して、両手を通してシャッター下ろすみたいに裾を引っ張って、次の瞬間にはもう僕はまた眠っていたっていうか、ぜんぶ夢だった気もする。

夜明け前に家を出て通学路を歩きだすと、昨日のお婆さんたちが歩いてきて、「おはよう」と優しい感じで声をかけてくれたけど、僕はふたりが見えない振りしてそのまま通り過ぎた。目の端の方でふたりが寂しそうな顔をしてるのが見えて悪いことした気持ちになってると、今日も丸山くんが首を傾げたまま走ってきて、いまのことを咎《とが》められてるような、それどころか僕の存在じたいに疑問を持たれてるような気がして足が速くなってしまう。

「待ってよ、川北くん……」追いついた丸山くんが大きなあくびをして、僕もつられてあくびをする。

学校につくと、屋上で国旗掲揚をしてから教室に戻った。原口先生は出席を取ると、トランプみたいなカードを取り出してシャッフルしはじめた。図工の時間だ。僕たちは机に筆箱や絵の道具箱を並べる。水彩パレットを開くと、いろんな色した粒ガムみたいな硬い絵の具がマス目の中に貼りついてて、よく使う肌色は石鹼みたいに小さくなって濁ってる。絵の具は位置を変えられない、よく使う色と使わない色がひと目でわかってしまうこのパレットが、僕はちょっと苦手だ。

先生がまず井口さんの前に立って、カードを扇形に広げた。井口さんが一枚を引き抜いて、「この方をお願いします」と言った。

「堀村正造《ほりむらしょうぞう》さんだね。残念ながらこの方のことは、詳しくはわかってないんだ。遺骨も戻ってきていないそうだよ」

井口さんはすこし悲しげな顔をしたけど、たぶんふりだ。先生は次に僕の前までやってきて扇に広げたカードを見せる。どれも人の顔が写った白黒写真で、ところどころに白い斑点が散っていたり罅割れていたりしてとうてい古い。誰を選ぶかで将来が左右されるって丸山くんが脅《おど》すから悩んだけど、後は野となれ大和なれででたらめに引き抜いた。優しそうな丸眼鏡のひとだった。

「このひとを描かせていただきたいです」

「下瀬重治《しもせしげはる》さんじゃないか」先生の声の感じが変わった。「とてもいいひとを選んだね。造兵廠《ぞうへいしょう》の技師で、ブーゲンビル島で旅立たれたそうだよ」そのことは写真の裏に書かれてた。先生だって生まれてない昭和時代のひと。

みんなが描く相手を選び終わって、先生の合図で廊下に出た。隣の教室の前の水洗場で蛇口をひねって、仕切りが三つある絵の具バケツに水を入れる。席に戻って絵の具バケツを机の右の端っこに置くと、左上に昔誰かが彫刻刀で彫った〈描〉って下手くそな字のあたりに写真を滑らせた。机の真ん中にスケッチブックを開くと、鉛筆で下瀬さんの顔を描きはじめる。線を重ねるうちに、最初の印象よりも頬骨がしっかりしてて、唇が厚いことがわかってくる。下描きが終わると、筆に水をふくませて、パレットの硬い絵の具を擦り溶かして、顔の輪郭にのせてく。ちょっと濃すぎて水を足す。勝手な方に滲んで広がってくので、慌てて筆ですくうようにして顔に広げてく。

全体ができてきたあたりで、顔の上半分と下半分が失敗した達磨落《だるまお》としみたいにずれてることに僕は気づいた。でもいまから描き直していたら提出できなくなるので、このまま塗るしかない。僕は廊下の水洗場で絵の具バケツの水を入れ替え、席に戻る途中で坂本さんの絵をさりげに覗き見る。ゴーグルをした、口元がぐっと引き締まってる男のひとだ。やっぱり坂本さんはうまい。髪の毛のにっぽんにっぽんまで丁寧に描いてる。

顔のずれをごまかそうと筆で擦るうちに皮膚炎みたいになって提出の時間がきた。先生は僕の絵を見てすこし困った顔をしたけど、七人の描いた鎮魂画をホワイトボードに丸い磁石で貼りつけて「みんな、とてもいい鎮魂をしたね」と言った。

校庭の植込みの前に立つ全校体育の先生を中心に、僕たち全校生徒は、体操服を着てランドセルを背負って整列していた。先生の合図で、ランドセルを足元に下ろす。先生はみんなの間を通り抜けて後ろ側にまわり、ぴいっと笛を吹いた。

僕たちはいっせいにランドセルを抱えて中腰になった。次の笛の音で女子たちが植込

み の方に走ってって、赤いランドセルをレンガみたいに積んでいく。赤くて大きな円ができると、次の笛で僕たち男子が走りだし、その周りを取り囲むように白いランドセルを積んで大きな白壁をつくってく。

それが終わると、僕たち男子は学年ごとに組体操で龍になる。今回は僕たち二組が頭だ。

背が高めの僕は一番下に四《よ》つん這《ば》いになって、次々と上にみんなが乗っていくのに耐える。だんだん背中や脛《すね》や膝に重みが増してくる。女子たちはまわりで真っ白なポンポンを持って雲になり、まるで龍が空を飛んでいるかのように真横を流れていく。「よし。みんなの力で、立派な龍になったね」先生はそう言ったけど、僕たちにはどんな姿なのかは全然わからなくて、ちょっと甲蜚がないって思う。「さあ、宜しく候」

その合図で、僕たちは校庭を這い進ませていただく。上に乗っている子らがぐらぐらしてる。ここでもし僕が崩れたらと思うと怖くて腕に力が入る。でも膝は痛いし、手と足がぶるぶる震えて、骨がポキッと折れてしまうんじゃないかって不安になる。女子たちの流れる雲の中に、口を二等辺三角形に開いた井口さんの顔が見えた。

組体操が終わったあと、じんじんする手のひらを見ると、あちこちに小さな砂利が埋まっていた。指の腹で触れると、ポロッと落ちて凹《へこ》みが残って、まるで小さな兵隊に撃たれたみたいになる。

お昼は僕が給食当番だったから、組体操のせいで筋肉痛になった腕で、漆塗りの番重を運んだ。番重の中には、手かざしのできる給食員さんが手作りした梅干し入りおにぎりが、四年生全員分敷き詰められている。

僕は各教室でひとりひとりの席を回っておにぎりを置いていく。そして自分のクラスについたとたん、ちょっとほっとしたせいか、両手から番重があっけないほど一瞬で滑り落ちてしまって、おにぎりが床に散らばった。僕の方も心から僕が滑り落ちてしまって真っ青になった。ごめんなさいの言葉も喉から出なくなって、消えたくなって、目に涙が溜《た》まって見えてるもの全部がゆらゆらした。

でも先生は怒らなかった。「川北くんを責めちゃだめだよ。誰だって失敗するんだ。次は君かもしれない。つまり、これはみんなの失敗でもあるんだ。そして失敗は必ずしも悪いことじゃない」先生は透明手袋をすると、床の上のおにぎりを拾って、ストーブの上に並べはじめた。「表面を焼けばおにぎりは食べられるんだ。焼いたおにぎりもまた美味しいことを、君たちは知ることになる」

僕は今度はいい焼き色になったアツアツおにぎりを容《い》れ物に集めて、クラスのみんなに配った。そのときは、ごめんな、って言えた。そして先生の言ったとおり、焼いたおにぎりはとても美味しかった。

給食の後は国語で抜き打ちテストがあったけど、組体操のせいで手足が痛かったり、おにぎりの失敗とかで気が散って、咎とか綺麗とか、前にも書き詰めさせていただいた漢字を幾つも間違えてしまった。

あーあと思いながらトイレに行って、教室に戻ろうと廊下を曲がると、寝癖の撥《は》ねた頭が見えて僕は体の向きを変えた。「川北くん」と声がしたけど聞こえなかったふりをして階段を下りる。踊り場をぐるんと回って次の階段に左足を下ろそうとしたところで階段の上にはもう加賀山《かがやま》先生が現れていてもう一度「川北くん」と言ったので止まるしかなかった。先生の口元は、いまの時間くらいになるといつも青黒っぽくなってる。お祖母ちゃんは、夜になるにつれ濃くなる髭《ひげ》をあまり好いてなくて、よく父さんに、夕方も剃《そ》りなさいって言ってた。

「このところ、どうも君の字は乱れているようだから」

加賀山先生は、階段の上に立ったまま話しはじめる。僕は階段と踊り場をまたいだまま動けない。

「心が乱れると、そのまま字に表れるものだからね。乱という漢字に舌があることには気づいていたかい？　字と言葉と心は不可分だ。筆跡からすると、君はもうほぼ別人と言ってもいいくらいだよ。ほら」と肩に掛けたよぼよぼのトートバッグから、くしゃっとなった紙を取り出してこっちに見せる。それは僕の下手な字を大きく拡大コピーしたもので、裸にされてしまったみたいに恥ずかしくなる。加賀山先生は書道の先生で、全校生徒の筆跡指導を担当している。「川北くんの血液型はA型だろう？　見てごらんよ。この字なんてまるでAB型の人が書いたみたいに左と右でちぐはぐになっているじゃないか。今日は給食のおにぎりを落としたって聞いたけど、体の方もちぐはぐになってるからなんだねえ」

落とした瞬間が蘇《よみがえ》ってきて、胸がぎゅっと苦しくなった。

「こういうとき、御両親との関係にいろいろあって苦しんでいる、というケースが少なくないもんだから、すこし心配になってね」

他のクラスの子らが先生の左右に分かれて下りてくる。まるで僕と加賀山先生は邪魔な位置に立つ電信柱みたいだ。

「いや、決して夫婦仲がよくないとか、虐待があるとか、そこまで深刻なことを案じているわけじゃないんだ」と先生は言い訳するみたいに言う。「ほら、お父さんが忙しくて家に帰ってこないとか、そういう些細《ささい》なことでも、心の天秤《てんびん》は傾くものだからね」

なにも言わないでいたら、ここで向かい合ったままの居心地よくない時間が延びてくし、加賀山先生に僕の苦しみを勝手に作られてしまうのもやだった。

「父さん、仕事が忙しくって週に一日くらいしか帰ってこないです」

「案の定、そうなんだねえ」それで解放されると思ったら大間違いで、先生の質問はやまなかった。「川北くんのお父さん、特級建築士だそうだね。とても大事な仕事に関わっておられることは知っている」とうとう同じクラスの子らがやってきて通り過ぎていく。丸山くんが階段を折り返すときに、小首を傾げてこっちを見上げた。「〈触れ合いの街〉にも関わっていたそうだし――」ほら、やっぱり僕の知らないことまで。目や耳や手足の不自由なひとたちが暮らしやすいように造られた街だって聞いたことがある。「ところで川北くん、図工の肖像画の時間に、下瀬重治さんを選んだそうだね。とりわけ優秀で、正義感が強くて、この国にとても貢献したひとだったんだ。君は混乱した運命状態にあるというのに、すごくいい選択をしたよ」と先生は綴じた紙の束を僕に手わたした。絵葉書や手紙などから集めたらしい、下瀬重治さんの筆跡集だった。「よく見ると、元の君の字は、すこし下瀬重治さんの字に似ているんだよ。どうだい、下瀬重治さんの字を参考にしてみるのは。下瀬さんは、大切なものを探し求め続けるひとだったそうだ。持って帰って試してみるといい。これがいいきっかけになるかもしれない」

僕が礼を言って紙の束を受け取ったあとも話は終わらなかった。

おかげで僕は集団下校に間に合わなかったけど、久々にひとりで好きな道を通って帰れるんだって思うと嬉《うれ》しかった。波動の揺れが激しいから避けるように言われてる道なんかもこっそり通ってみたい。そう思ってたはずなのに、集団下校どおりの道順を歩いてる自分に気づいて僕はがっかりした。いつだって僕にはがっかりさせられる。ノコギリを小刻みにひくような音が聞こえてきて、なんだろと思ってたら、首輪をつけた黒長い犬がやってきた。その長い舌から出る息の音だ。犬は僕を追い越していき、その後を黄色い作業服を着たおじさんたちが三人、なにかを撒きながら歩いていった。背中には害獣駆除班と書いてある。なんだろうと地面に散らばった屑《くず》のようなものを見ていたら、

「ずい分長いこと話してたじゃない」と突然耳元で声がして僕は跳ね上がってしまった。

「びっくりしたー。丸山くんか。あ、平田くん、井口さんも。まだ帰ってなかったの？」

「いったん帰ってから出てきたんだよ。井口さんとはばったり会ってしまって」

確かにみんなランドセルをしょってない。井口さんと平田くんは手ぶらで、丸山くんはトートバッグを持ってる。

「会ってしまったって、なんだよ」と井口さんが口を歪ませてから、「で、きたぽん、なにがあったの」

「筆跡に乱れがあるからって家のことをにろりろ訊かれてたんだよ」

「僕も加賀山先生に半年前捕まつたな？　漢字の隙間広すぎて？　だから社会と乖離《かいり》がどうとかて母さんが面談されて、まず母さんの字がよくないいて筆跡矯正受けてた？」と平田くんが顔をしかめて言った。そういえば「乖」という字は一度書き詰めをさせていただいて、北の真ん中を千で分けてることに気づいたんだ。どうしてか千羽の鶴が音も

なく飛んでくのが目に浮かんで――

「へえぇ、僕褒められたことしかないや」と丸山くんが言って、指で前歯をぐっと押さえた。丸山くんは確かに字がうまい。

「心配して来てくれたの？」

「それもあるけどさ」丸山くんがにっと笑って、「平田くんが図書室の本棚の奥にやっぱいもの見つけたんだ」

「まさかタバコとか？」と僕は高村じいさんを思い出しながら言った。

「そんなださいもんじゃないよ？」と平田くんが言い、「禁じられた遊びよね」と井口さんがほくそ笑む。

「えっ、さっぱりわかんない。なになに、なんなの」

「ここじゃちょっと？」と平田くんが周りを見渡す。〈快適な早期旅立ち計画を〉〈若年出産積立〉なんかのノボリが立っている小さな郵便局があるくらいだけど油断はできない。

「とりあえず僕ん家《ち》行こうよ？」と平田くんが言って左の路地に向かって歩きだした。そこに丸山くんが並ぶ。あたしも行っていいよね、という井口さんの声には誰も返事しないけど、井口さんは僕と一緒に歩道を歩きだした。

「川北くん、絶対誰にも言っちゃだめだよ」丸山くんが肩ごしに振り返って思わせぶりに言う。「捕まるんじゃないかって僕も怖いんだから」

「なんだよ、怖いよ」

向こうから自転車が走ってきて、僕たちはいったん一列になった。チェーンが横の板にあたってるらしく、じゃらじゃら音をたてて行ってしまうと、丸山くんが急に歩道のでっぱりの上に飛び乗って両手を広げ、サーカスの綱渡りみたいにバランスを取って自慢げに渡りだす。

「丸山くん、想像してごらんよ」と平田くんが原口先生の言い方を真似た。「もしいま歩いているでつぱりの脇のアスファルトが、五百メートル下にあつたら？」

急に丸山くんのバランスが崩れ、たっ、と片足がアスファルトの地面についた。左右に広げた両手をぐらぐらさせながら、

「死ぬほどこえー」

「でも、ほんとは僕たちがどこを歩こうが高さなんて関係ないんだ？　でつぱりの幅は、高さがあろがなかろが変わらないんだから？」

「そんなばかなことあるかよ」って井口さんが言う。

「逆に言つたら？」と平田くんが向こうに見える造り中の高層マンションを指さした。「あんな高いところの細い鉄骨の上も、歩道のでつぱりの上を歩くのと同じだてことを僕は発見したんだ？　つまりほんとは高さなんて存在しないんだろ、心の中にしか？」

「でも高さはあると思うなぁ。高いところに立つと足が震えるもん」と僕は言う。

「らたなぽんだって、ぜったいあんな高いところに立ったら足ふるえてちびるって」と井口さんが言う。

「そんなことない！」と平田くんがむきになって大きな声を出した。そばの喫茶店の窓《まど》際《ぎわ》にいるおばさんがこっちを見ている。「今日の龍の組体操でも一番上の角《つの》になつたけど、全然怖くなかつたもん？」

「もし僕が支えきれなかったら怖かったと思うけどな」と言って僕が怖くなる。

「でさ、龍の角になつてあの山を見てて思い出したんだ？」と平田くんが高層マンションの向こうにある山の方に指先を向ける。

「すづか山《やま》？　あれがなんなの？」

「前に図書室で昔の卒業アルバムの写真を見てたら、そのあたりにはそんな山なかつたんだよ？　古い地図も探してみたけどすづか山はなくて？」

僕たちは一斉にまさかー、と言う。

「ほんとなんだ、明日にでも見せてあげるよ？　で、用務員のおじさんに訊いたら、ここだけの話、人類の身代わりになた龍が祀《まつ》られてるて？」

「あっ、すづか山って、もしかして」と井口さんがチラシの裏に、痃塚山、と書いた。

「そうだそうだ、変な漢字だったから覚えてる。前に曽祖母《ひいばあ》ちゃんが言ってたんだ、不死の龍が代わりに死んでくれたから、人間は死なずに旅立てるようになった、って」

井口さんが平気な顔して忌み言葉を書いたり話したりするからどぐまぎしながら、

「僕も聞いたことあるような気はするけど、へえ、昔はそんな漢字だったんだ」

「えー、でも神社とかあるのかなぁ。お参りに行ったなんて話は聞かないし」と丸山くんが疑わしげに言う。

「祀られた龍は祟《たた》るから封鎖されてて、誰も近寄らないんだて？」


アパートにつくと、平田くんに続いて鉄の階段をのぼってく。ごわんこわん音が響く。扉の前にくると平田くんはチャイムを何度も鳴らして、おかしいなぁ、という顔をしてしばらく待ってから、仕方ない感じで鍵を開ける。

玄関にはキラキラした女ものの靴がバナナ売場みたいにぎっしり並んでいる。平田くんはそれらを足で押しのけて通り道を作って、「入りなよ？」って言う。カーテンが閉じたままでその縁がぼうっと光ってる暗い部屋の中を平田くんについていく。平田くんは引戸を開けて、またカーテンの縁がぼうっと光ってる狭い部屋に入って、カーテンには触れず天井の天然灯をつけた。電球がひとつ切れててほんのり暗い。

床には見たことない字のパッケージとか食器とかいろんなものが散らばってて、壁際には小さなテレビが未《いま》だに置かれてる。テレビは電磁波が危ないし、脳波も盗聴されるし、ほぼ国営だから心縁では見ない人が多いけど、平田くんのお母さんは手放さないらしい。「気楽に座ってよ?」平田くんがどかっと床に尻を落とした。僕と丸山くんと井口さんは丸まったティッシュとか飲み物のパックとかをさりげに足先で遠ざけてから座った。

平田くんが、ポケットから折り畳まれた古っぽい紙切れを取り出して開いた。「これを見せたら丸山くんがびつくりして、それで初めて禁止されてるやばいものだて知つたんだ」本の頁を切り取ったものらしく、無表情な冷たい字の行列と、碁盤みたいな図が載っている。

「これ、囲碁じゃないの?」と僕が言い、「なーんだ」とがっかりした声で井口さんが言う。

「しとどに見なよ?」

しとどに見る。でもなんにも……あれ、確かになにか変だ。「あっ、マス目の中に碁石が入ってる」

「碁石じゃない。コマだよ、ヴェニスの?」

「ヴェニス? 聞いたことないな」「あたしも」

「そりゃそうだよ、さつき僕がつけたんだから——いや、ふざけてないよ? そのゲームはいまでは存在しなかつたことにされてるから、元の名前で呼ぶと僕たちみんなが危ないんだ?」

平田くんが、後ろに転がってたピザの平箱を手にとって蓋を切り取り、ランドセルから出した定規と鉛筆で線を引きはじめた。丸山くんの方は、トートバッグから白い紙、黒い紙、チューブ糊《のり》、ハサミと次々出していって、僕と井口さんは、言われた通りに白と黒の紙を貼り合わせてから、回転させながらハサミで丸く切り抜いていく。貼り合わせた紙はずれるし、糊がはみ出て手やハサミを汚すのでやりにくい。

切り抜き終えると、ちょっと僕と平田くんとでやってみせるから見ててよ、と丸山くんが言って、ピザ箱のマス目の中央に白のコマを置いた。あ、僕白でよかった？　と丸山くんが言って、うん、と言いながら平田くんが白の隣に黒を置いた。次に丸山くんが黒を挟むように白を置き、黒をひっくり返した。

「へえ、そうやって遊ぶんだ」「面白いかも」

二人は、ときおり相手のコマをひっくり返しつつ、交互にコマを置いていく。たまに指先にコマがくっついて振り払う。

「なんでこれが禁止されてるんだろ。さっぱりわからないな」と言ったとき、黒が一気にひっくり返されて白いっぱいになり、僕と井口さんはおおーって言った。それで勝負がついたらしく、「もう一回やらせてよ？」と平田くんが言ってそのへんの袋から日日《にちにち》チョコや、読めないパッケージのポテトチップスをとって、みんなに配った。

ふたりはまた一から白と黒のコマを置きはじめた。もう僕たちにもルールがわかったので、せめぎ合ってるのがわかって目が離せずにいると、一気に白いコマだらけになっておおーっと声が出た。

「くそぅ、もう一回！」と平田くんが言ってコマを盤から落とす。

僕と井口さんも始めようとしたけど、コマが足りなかったので作りはじめた。井口さんが退屈になったのかテレビをつける――……世界を一つ屋根の家へと、にっぽにっぽ近づけさせていただく形になっていますね。さっきの話ですが、名前をむやみに捻《ね》じ曲げたり、一部を切り落としたりしたらどうなります。人格が狂ってしまう。ええ、そうなるともう同じ人ではないですからね――政治家の人たちが話をしてる。井口さんがチャンネルを変えた。民謡が唄《うた》われている。

「もう一回！」と平田くんが言う。

井口さんがポテトチップスの袋を開ける。コマが汚れるだろ、と僕は抗議したけど井口さんは意に介さず食べ、僕もつられてしまう。ちょっとすっぱい。

コマを切り抜き終わると、僕たちもヴェニスを始める。油染みでてらてら光ったコマを盤の上に並べてると、「くそーっ！」と平田くんが言って、背中から床に倒れた。飲み物パックが、ぷじゅすーって音を立てた。「勝てないまま街から転進するの、やだな？」

気が抜けたみたいに続いたその言葉に、みんながヴェニスで一斉にひっくり返されたみたいになって平田くんを見た。

「転進って、え、どういうこと？　え？」と井口さんが言ったけど、平田くんは天井見たまま黙ってる。

「まさか、引っ越すの」と僕が訊いた。

井口さんがヴェニスのコマをつかんで投げて、「どういうこと？」ともう一度言った。

「ねえって！」井口さんが両手いっぱいにコマをつかんで投げる。

黒白に裏返りながらひらひら落ちてくコマ雪の中、平田くんが寝転んだまま言った。

「うち、父さんが出張に行かせていただいてるて言てたけど？　ほんとは別居してたんだ。で、とうとう離婚することになつて？」

僕たちは動揺していた。平田くんと一緒にいることはあたりまえのことで、会えなくなるなんてとうてい考えられなかった。

「離婚したって、このまま住めばいいだろ」

「いや、みなにはわからないだろけど……母さん遠い田舎の人だから？　いろいろ決まりとか手続きとかで大変なんだ？」

前に、離婚は離魂だって真弓伯母さんが言ってた。姉さん離婚したじゃないかって父さんが笑って、籍を入れてなかったんだからわたしのは離婚じゃないって伯母さん怒ってた。

「どこに引っ越すの」井口さんがやっとって感じで言った。

「まださしわたし知らないんだ?」そう言うと急に上半身を起こして、「でさ、せっかくだから? 最後にあの山行きたいなて?」

「どうして」

「ここ離れたら行けなくなるからに決まつてる? だて、前にはなかつた山なんだよ気にならない? 龍のすごい骨とかありそうだし?」

それに、ねこがいるかもしれない——僕は光くんがしてくれた話を思い出して、がぜん行きたくなってきた。

「でも封鎖されてるなら、近寄れないよ」と丸山くんが言い、「それにあたしらを見守ってる人たちにばれてしまうし」と井口さんが付け加えて、「確かに心縁がなあ?」と平田くんが爪のにおいを嗅《か》ぐ。

「きっとなにかいい方法があるはず」と僕は言っていた。「行こうよ、疥塚山」

家に帰ると今日も母さんはまだ帰ってない。ダイニングのテーブルに、美が遊んだミニチュアのテーブルがのったままで、その上にハンバーグっぽい料理の皿がのってる。

僕は有線ラジオをつけて、三丁目の高橋さんの憂《うれ》い放送に合わせる。いやさかー! って高橋さんの楽しげな声が聞こえて、こんな親戚のおじさんがいたらいいのになって思う――だからだからにっぽにっぽ前に進まないといけないよねー。名前をぐにゃんと捻じ曲げたり、ずぱぱって切り落としたりなんかしたらもう退転！　運勢がすこばる狂わばまわってしまうー。そうなったらもう同じ人じゃないよね。くわばらくわばら。男、女って漢字を見てごらん、まったく違う形だろう？――なんとなく平田くん家のテレビで話されてた内容と似てる気がする。国の広報になってしまったテレビの代わりに、いまは心縁があるって伯母さんはよく言ってたのに。

ふとお菓子籠に、幾つもの紅白まんじゅうの和紙の箱にまぎれて、見たことないパッケージを見つけて手にとってみる。〈さきたま〉って名前のお菓子で、天然量子成分を希釈振盪《しんとう》って書いてある。ふーんと思って元に戻して、野菜室に残ってたプラムを手にとってシンクの前に立って洗ってから齧《かじ》る。めっきり冷えていて甘酸っぱくて、齧ったところがずくずくした傷みたいだなって思いながらまた齧る。濡《ぬ》れ鼠《ねずみ》みたいになった種を三角コーナーに捨てると、びとびとになった口と手を綺麗に洗って二階の部屋に上がる。

押入れがすこし開いて、そこから君がこっちを見ているのに気づいた。「光くん、来てたんだ」と声をかけたのに返事してくれなかったね。次元を転移中なのかなとほっておくことにして、僕はランドセルから加賀山先生にもらった紙の束を取り出した。下瀬重治さんの字を眺めながら、チラシの裏に真似して書いてみる。なかなか同じようにはいかなくていらいらいらしてると、玄関が開く音や美がきゃっきゃ笑う声が遠くに聞こえ、母さんが一階のあちこちを歩いている気配がした。そのうち電話の話し声が聞こえだす。

僕は下瀬重治さんの筆跡の束を机の端に寄せて、折り畳んでた厚紙を机の上に広げた。鉛筆で引いたマス目だ。そしてランドセルに手を突っ込んで、底からたくさんのコマをつかみ取りして、碁盤目の上にばらばらと落とした。ところどころ油で光ってる。

白がいい、っていう声が聞こえたと思ったら、君がそばに立ってた。

「へぇ、知ってるの？　じゃあ一緒にやろうよ」

僕はコマを半分にわけてから、マス目にひとつずつ置いていった。光くんは白で、僕は黒。光くんが思うとおりにコマを置いてあげる。僕は白を囲むように黒いコマを置いていく。ほくそ笑んでいたかも。

「お風呂もう沸くから先に入りなさい」いつの間に電話をきったのか、階段の下から母さんが言った。

はーい。と僕は生返事をしながら、黒のコマを置く。そのすぐ近くに君の白のコマを置く。

「真、もう入ったの？」

黒を置いて白をひっくり返す僕に、行かなくていいの？　って君が言う。

「光くん、負けそうだから焦ってるんじゃない？」マス目に黒が増えてきて僕は得意になって黒のコマを置く。何手か差し合って次のコマを置こうとして僕は愕然《がくぜん》とする。これ、全部白にひっくり返せるじゃない！

「何度言ったらわかるの。早くお風呂に入りなさい。着替えはもう置いてあるから」

「はーい！」僕は救われた気持ちで、行かなきゃ、って言って、引き出しを開いて白黒のコマを一気に落とし、厚紙も突っ込む。君はずるいともなんとも言わないでいてくれた。

お風呂に入ることになるのは絶対だのに、いつも母さんの我慢の限界まで引き延ばしてしまう。階段を下りると、母さんがお菓子籠の前に立ってた。

「あんた、このお菓子なんだろうって手にとって、ふーんと思ってから元の場所に戻して、野菜室を開けてプラム食べたんでしょ」と母さんが言ったので、う、あ、と変な声が出てしまつた。母さんはたまに高村じいさん以上に思考盗聴ができるんじゃないかって思う。「もう、どうして賞味期限が早い紅白まんじゅうの方を先に食べないの」でも本音までは読んでくれない。

大窓のところに美が膝立ちをしていて、蟻でも潰すみたいに窓ガラスのあちこちを指でつっついてる。外側に雨粒がついてるんだ。いつの間に降りはじめたんだろ。

「だって紅白まんじゅう飽きたもん」薄い皮のところと、〈祝〉って焦げたところの感じはまだ好きだけど。

「今日もまたもらって帰ってきたのに。ちゃんと食べてよね」僕は紅と白のコマが互いをひっくり返しあうところを想像する。「さあ、早く入りなさい」

洗面所で服を脱いで——靴下の片方を裏返しに穿《は》いてたことに気づいた——寒さに腕を擦りながらお風呂場のガラス戸を開けたら、酸っぱくなったお酒みたいなにおいがして、うっとなる。バスタブには時間の経《た》ったすりおろしリンゴみたいな色の濁ったお湯がはられてて、あちこちにお鍋の灰汁《あく》みたいな泡が浮かんでもわって湯気を立ててる。

ひるむけど、体の汚れを食べてくれる善玉菌が溶け込んでいるんだから我慢しなきゃ。洗面器で茶色いお湯をすくって、体にかける。いちおうあったかくて気持ちいい。口ではあはあ息をしながら片足を下ろして、もう片方の足も下ろして、しゃがんでく。

体の芯まで温かくなってくると慣れてきて、どうして気が進まなかったんだろって不思議な気になる。バスタブから目をそらして、あちこちに雫《しずく》の貼りついた壁を見ていると、数分で頭がぐらりくらりしてきた。

バスタブから出てすぐにシャワーを浴びる。シャワーの首の透明なところで、中に詰まった浄素《じようそ》を溶かす赤いスクリューがくるくる回って、お湯が雨みたいに出てくる。汚れをとってくれた汚れを洗いながすのは気持ちいい。

今朝はうきうきして家を出た。昨日、母さんが新しい、真っ白な運動靴を買ってくれたからだ。自慢したいのに、こんなときに限って丸山くんは来ない。弾むようにアスファルトを踏み歩いてたら、門が近づいてきたあたりで丸山くんが首を傾げて走ってきた。ヴェニスで対決してたらやめられなくなって、夜更かししてしまったらしい。秘密なのに誰と対決してたのかを訊いたら、自分で相手の振りして対決してたんだけど、相手がだんだん高村じいさんになってきて、僕の白をどんどん黒でひっくり返してくんだ。怖くてしょうがなかった、って言う。

「まさかぁ」と僕は笑ったけど、丸山くんは独り言みたいにぶつぶつ話しつづけた――あの日、集団下校で平田くんとヴェニスのことを夢中で話してて、高村家の前通るとき、ランドセルのかぶせをかぶるの忘れたんだ……筒抜けだったのかも……

学校につくとすぐに、新しい靴を靴箱に入れないといけないのが寂しかった。

昼休みには、図書室で平田くんに山がなかった証拠を見せられ、僕たちは、集団下校のあと、平田くんのアパートの前で待ち合わせをすることにした。

アパートの前につくと、平田くんが地図を見ながら立ってた。すこしして井口さんがやってきたけど、丸山くんがいっこうに現れない。仕方ないから三人だけであちこちを歩き回って、僕たちを見守っているひとがいない道を探しはじめた。疣塚山にこっそり行くためには、バス停に行くところを見守られない必要があるから。

誰も見守ってなさそうな道をみつけるたびに、平田くんが地図に書き込んでく。でもなかなかうまく一本の道筋につなげられなくて、必ずどこかで見守られてしまう。

「この道、そういえば通ったことない」と井口さんが苔《こけ》だらけのブロック塀に挟まれた細い路地に入ってって、僕たちも後についていった。ところどころに、穴の空いたブロックがある。誰にも会わなくて希望が膨らんできたとき、「角《かど》の坂村《さかむら》さん、知ってるでしょう?」と声がして、井口さんが立ち止まった。

「ああ、あの車椅子の。いつも大変そうよね。〈触れ合いの街〉に移った方が過ごしやすいでしょうに」

「実は、昨日結婚式に代理出席させていただいたら、ちょうど壮行式をやっていて」

どこから声が聞こえてくるのかはわからなかった。なんとなく視線を感じはじめた。

「へぇ、早期の旅立ちを選んだってこと。まだ若いのに思い切ったんだね……」

「旅券事務所に申請するだけといってもね」

「でも、きっと、良かったんでしょうね。給付金をもらうのは心苦しかったでしょうし、肉体があるといろいろと不便だし、向こうならこれまで掛けてきた年金をやっと支給されるわけだし、悠々自適よ」

井口さんが頭を振って元来た道を指さし、僕たちは戻りだした。路地を出ると、「もう憑かれたわー」と井口さんが言って、近くの公園で休むことになった。ベンチはどこも大人が座っていたので、僕たちは冷たい地面に足を投げ出して座った。

「バス停にまでこっそり行ければいいだけなのに」

——お山の上に、お口が三つ、お口が三つ、だくだくだくだく、お山の上に、お口が三つ、お口が三つ——

幼稚園くらいの子供らの歌う声が聞こえてきた。僕も歌ったことあるけど、そういえば意味がわからない。聞こえるままに地面に字を書いてると、それがすごく怖い忌み言葉に見えてきて、僕は焦って手でざざざらざって消した。

「なにをしておる」とおじいさんみたいな声が聞こえて顔を上げると、丸山くんが立ってた。顔色が悪くて、なんとなくだらしない。ズボンのポケットからは宇宙耳まで出ている。

「遅いよ丸山ー」と井口さんが呼び捨てにする。

「だいじょうぶ、丸山くん。なんだか憑《か》かれてるみたいだけど」

丸山くんはやたらと右の手のひらを掻きながら、近くに見守られてないところがある、と言って歩きだした。僕たちは引っ張られるみたいに立ち上がってついてった。

公園を回り込んでいって、そこの道路を三つ目の交差点まで進む。するとアスファルトが罅割れだらけで白っぽくてなぜか車が一台も通っていない道が現れた。片側は大きな工場を囲む長い塀の続く歩道になってて、黄色い葉っぱの木が等間隔に並んでる。

どうしてここには来たことがないんだろって不思議に思ってると、「あれ、地図にない道だ？」と平田くんが言った。

歩道の端で、塩が山盛りになってるのが見えた。「なんかちょっと怖い」「波動のよくない場所なのかも」「地縛霊だらけかもよ」と僕たちが言い合ってる間に、丸山くんが歩道をどんどん進んでく。慌てて僕たちも歩きだす。

歩道にはたくさん落ち葉や小さな木の実が散らばってて、井口さんが突然片足をずりっと前に滑らせながら背中をおおきく反らしたのでびっくりした。

「なにこの実、すんごいすべるーっ」

「また冗談言って」と僕も木の実を踏んでみたらとたんに滑って尻餅ついて倒れた。平田くんも「うお？」とのけぞった変な姿勢のまま「ほんとだ、おもしろ」と次々に散らばった実を靴で踏んではへたなスケートみたいな動きをして笑う。

まっすぐ先頭を歩いてた丸山くんも、ずりっと滑って僕たちは笑う。姿勢を立て直した丸山くんは、道路を渡って高いビルの建設現場の方に向かって、左に折れて見えなくなった。僕たちが追いかけて左に折れると、フライドチキンの食べ滓《かす》みたいな錆《さび》だらけ埃だらけの自転車がぎっしり並ぶ自転車置き場が広がった。丸山くんがゆっくりと片腕を上げて前を指さす。その先に、棒付きキャンディみたいなバス停があった。

家に帰ったら母さんはまた結婚式かなにかでいなくて、紅白まんじゅうの箱から紅まんじゅうだけ手にとって二階に上がった。机に座ると、白い紙を三枚だして、まんじゅうを少しずつ齧りながら、漢字の書き詰めを始める——未曽有、未曽有、未曽有——連休明けに提出すればいいんだけど、嫌なことは早く済ませたい——未曽有、未曽有——パズルのピースがはまるみたいに鉛筆が中指にめり込んでる。未曽有を埋め尽くすと紙を裏返して、今度はその読みを書いていく——みぞゆう、みぞゆう、みぞゆう——もとこっちをみぞうと間違えたんだ。ひたすら書き詰めするうちに、母さんの叫び声が聞こえてきた。

慌てて下りてくと、胸に花の飾りをつけたよそいき姿の母さんが廊下にいて、結婚式では絶対に浮かべないすごい顔をしてる。

「いったいなんなのこのにおい！」えっ、なに——「わからないの？　こんなにすごいにおいなのに……うんちみたいな」美がもらし「美は真弓義姉《ねえ》さんのところよ。あんた……ほんとにわからないの？」

僕は鼻を啜《すす》ってにおいを嗅ぐ。母さんはしばらく見回していたけど、はっとした顔をして、「まさか銀杏《ぎんなん》踏んだんじゃないでしょうね——」「えっ、ギンナンって？」

母さんは屈《かが》むと、僕の靴をつかんで裏に向け、「やっぱりそう、しかもなんでこんなに。よりによって明日のために買った靴を！」

僕の新しい靴の裏はぐちょぐちょになっていた。それはギンナンって言うらしい。

「そういえば、すこしにおうね」

「すこしどころじゃないでしょう！　まさか鼻が悪いんじゃ——それは今度横澤《よこざわ》さんに手をかざしてもらうとして、いますぐお風呂場で洗ってきなさい！　換気扇最大！」

言われた通りにしてお風呂場に行く。確かに鼻が悪いのかも。母さんほどこのにおいがくさいとも思えなくて、でも洗えば洗うほど強くなってくる気がして洗い終われないでいると、ガラス戸の向こうに母さんが洗濯機を回す気配がした。

「そうだ、あんたいまの通学路を嫌がっていたでしょ。もう心配いらないからね」

「どうして。思考盗聴は？」

「昨日あの家、強盗に遭ったらしくて」

「えっ……」ブラシで擦る僕の手がとまった。「高村じいさん無事なの？」

「気味悪がってたのに、心配なの？　意識不明で眠り続けてるみたい。病院しか受け入れ先がなかったそうだから、詳しいことまではわからないけど、思考盗聴された人が恨んだんでしょうね」

連休の初日は、パティスリー川北の四十周年記念だったので、僕は顔を白く塗られ、白いタイツを穿かされ、スポンジ状のマットを全身に巻かれてロールケーキくんというマスコットキャラクターになって、お祖父ちゃんたちと各地にあるパティスリー川北のチェーン店をまわった。記念バッジをくばってお客さんと一緒に写真を撮ったり、店員さんにもらうロールケーキで共食いしたりした。くるくる回転してみせるとお客さんにすごく喜ばれたけど、十店目あたりで、僕の胃の中でケーキがマグマみたいにぐつぐつ揺れだした。十なん店目かで耐えられなくなって僕は海老《えび》みたいな動きで食べたものを吐いてしまった。撒き散らすって感じだった。お祖父ちゃんに背中をさすられながら、すごく情けなくて申し訳なくて、目から涙をこぼしながら吐いた。全身が生クリームしぼりになった。

その夜、僕は自分の部屋のベッドでぐったりしていたはずが、いつの間にか金属棒のベッドに寝ていてチューブで鼻から空気を送られていた。最初は、病院に入院していたお祖母ちゃんのことを思い出してるのかなって思ったけど、まわりの人はたかむらさんと呼びかけてくる。どうやら僕はベッドに寝たきりの高村じいさんになって、まわりのベッドで寝ているひとの心を盗聴して毎日を過ごしてるらしかった。ときおりそれらのシーツの隙間を、生き物らしきものがすり抜けるのを感じた。隣のベッドのひとは、長い人生で出会った大勢の顔を次々思い出していたけど、唐突にどれもがのっぺらぼうになったので心配になって看護師さんを呼ぼうと枕元のボタンを鳴らしていたら、口元になんだか暖かい気配を感じて目を開けた。

「起こしちゃった？」母さんの手のひらが僕の口の上に浮かんでいた。僕が赤ん坊の頃、乳児整体で泣かなくなったはいいけど、あんまり静かすぎて生きてるのかどうか不安になって、何度も口元に手をあてて息があるか確かめた、って話を聞かされたことを思い出した。枕元のボタンなのか、平田くんの家のチャイムなのか、まだかすかに耳の奥の方で音が鳴りつづけてる。

その日、僕らはあのギンナンの道路に集まった。

みんな親にかなり怒られたらしく、ギンナンを踏まないよう慎重に歩いた。丸山くんのポケットからはまた宇宙耳が出ている。駐輪場を通って、バス停でしばらく待って、バスがやってくると乗り込んだ。席は空いてたけど、学校で教えられた通り吊《つ》り革をつかんで立った。自動運転だからハンドルがひとりでに動いていた。めったに乗らないから、すこしでも気が散ると降りるべき停留所を逃してしまいそうでみんな無言で掲示モニターに集中していた。

すづか山前という停留所で降りると、すこし先に、葉っぱの濃い木がまばらに生えてる黒っぽい山が、そびえている、というほどでもなくあった。案外低いんだ、とか、もっと高いかと思ってた、と皆で言う。

停留所の小屋の後ろに細い水路がひとつ、あとは枯れた草地が広がっているだけで人っ子ひとりいない。僕は不安になってきた。

「ほうむることなどできんというのに」と丸山くんが呟いた。

「なんでそんなじじむさい口調なの。誰かの真似？」と井口さんが訊いたけど、丸山くんは聞こえてないみたいに歩きだし、僕たちも後に続いた。草の少ない、地面が剝《む》き出しのところを通ってくと、突き当りが黄と黒が縞《しま》になった錆だらけの金属バーで塞がれていた。これが封印なんだろうか。奥に続く山道の黒い土には、車輪の跡みたいな筋があって固まってる。

「ここを、ほんとに越えるの？」と僕は言ってしまって、「なに言ってるんだ、ここまで来て？」と平田くんに言われ、「案外怖がりなんだー」と井口さんにからかわれた。

金属バーをまたぎながら、すごくよくない感じがして、どうして心縁は引き止めてくれないんだ、役立たず、と思った。誰にも見守られてないってことがこんなに不安だなんて。

枯れ葉まみれの斜面を踏み歩いてくと、今度は左右の木に、神社にあるような黒ずんだ太い注連縄《しめなわ》が張られて道が塞がれてた。

平田くんはささくれた注連縄に触れて、ちょっとためらっていたけど、丸山くんは両手で注連縄を持ち上げるとあっさりくぐった。僕たちもくぐって、黙ったまま斜面を進んだ。また注連縄が張られている。ここだけじゃない。まるで綾取《あやと》りみたいにあちこちの木に注連縄が張られてて、山ごと封印されてるみたいでますます怖くなってきた。その怖さを逸《そ》らせようと、僕はポケットに入れてたパックから、ときどきぱらぱらと煮干しを撒いた。光くんから、ねこの好物が魚だと聞いてたし、害獣駆除のひとが撒いていたのが煮干しみたいだったからだ。でもなんの意味もなさそうだった。

幾つもの注連縄をくぐりながら、僕たちは山をぐるりと囲むように延びる、車輪やキャタピラ跡のある斜面を進んでいった。みんなの息の音が大きくなる。まばらに生える木の向こうに、丘みたいななだらかな山頂が見えてきて、僕たちは拍子抜けした。

「あんまり、山頂って感じしないね」と僕は息をきらしながら言った。けど、「なんか、変だよ」って井口さんが言ったように、このあたりだけ木が生えてなくて黒い土が剝き出しだった。上ってくと、窪地《くぼち》が見えてきた。三つもある。

お山の上に、お口が三つ——あの歌を思い出して僕の足はかたくなった。どうしたの、と平田くんが振り返り、僕はしぶしぶついていく。湿った土っていうか、もっとヘドロに似たようなにおいが強くなってきた。

「石碑とかもないのか？　なんだかがっかり？」と平田くんが残念そうに言う。

丸山くんが窪地の際に立ったから、危ないよ、って僕は言ったけど、すっと斜面を下りていって——宇宙耳が跳ねる——真ん中の方まで歩いてく。僕たちもゆっくりだけど下りていった。

窪地の端の方に小さな三角の青い色が見えて、古いお皿とかの欠片《かけら》かなと思って僕は近づいた。そばで見ると、地面の隙間から一部が覗いているんだってわかった。

「なにかあった?」と平田くんが井口さんとやってきて、すこし遅れて丸山くんが現れたと思ったら、突然靴の爪先でその青い三角を踏んでぐりぐり動かしはじめた。青い三角が丸になって、どんどん大きくなっていく。

「なんだ、ブルーシートじゃんこれ」と井口さんが言う。全員で足を使って黒い土をのけていく。ブルーシートの継ぎ目も見えてきた。もしかしたら窪地全体が覆われてるのかもしれない。二枚分くらいが露《あら》わになると、丸山くんがしゃがんでその端をめくった。びびっと音がして、下にまたブルーシートが現れた。何枚も重ねてるらしい。みんなでひぃ、ふぅ、みぃ、と数えながらめくっていき、五枚目くらいでめくる音が変わって、「くさっ」「おえーっ」「鼻曲がる」ってみんなで叫んだ。シートが覆っていたのはもっと真っ黒で湿った泥で、腐った魚みたいなすごいにおいがした。なのに丸山くんが急に泥を掘り返しはじめたからびっくりした。いつの間にか手に大きなゴム手袋をはめてる。

「丸山くん、服が汚れるって」「祟るものだったらどうすんだよ」って僕たちが言うと、「リュックに手袋を入れてある。必要なら使うといい」ってずれたことを言う。

　丸山くんは、泥の中から自転車のベルみたいなものを引っ張り出した。次は車のライトっぽいもの。釣り竿《ざお》のリール、定規や分度器、変な字が先についた金属の判子みたいなもの、が次々と出てくる。そして塀のブロックみたいにひと塊《かたまり》になった湿った用紙の束。

「ここって、もしかして不法投棄の場所なのかな」「それか、埋立地とか？」

そして丸山くんが、お菓子の黒棒みたいに泥に覆われたものを僕たちの足元に放った。

平田くんが靴の先で表面を拭うと、片端に小さな画面のある細長い機械が現れた。

「それ、携帯電話じゃない」と井口さんが興奮した声で言った。「これ使えたら離れてても話ができるらしいし、手紙だって送れるらしいし」

「でも、電子レンジと同じだから、へたすると電磁波で頭煮えるんじゃ？」と平田くんが言う。

「大丈夫だよ。うちの父さん許可とってて持ってるもん。御札《おふだ》や遮断シール貼って袋に入れてれば、短時間なら割と安全に使えるって」と僕は言った。「でも、そんな形だったかな。画面が小さすぎるし、ボタンが少ない気がする」

「古い型かもしれないじゃない」井口さんが汚れるのも構わず素手でつかみ、並んだボタンを押した。「くそっ。だめだ、動かない」

平田くんが丸山くんのリュックを開けてゴム手袋を取り出して、「もしかしたら他にも使えるのがあるかも？」と僕と井口さんにも渡した。井口さんは「もう汚れてるって」と言いながらはめて、指の股をひとつずつ押さえる。僕もはめた。みんなとしゃがんで潮干狩りみたいに汚なくてくさい泥を掘りはじめる。マテ貝みたいに携帯が幾つも出てきたけど、どれも動かなかった。よく見ると、mSvとかμSvとか驢馬字《ロバ》みたいなのが入っている。なんの意味だろう。

丸山くんがまたゆっくりと腕を上げて、携帯かと思ったら、握られているのは黄ばんだなにかの骨みたいなものだった。それを泥の盛り山にのせる。骨みたいっていうか、骨だ。

「なんだよそれ怖い……」「ここが龍の墓なら、龍の骨ってことになるけど」「龍の骨なら透明でやわらかいんじゃないの」「そもそもこんな大きさのわけない」

丸山くんは黙ったまま骨盤っぽいものとか、足っぽいものとか、肋骨《ろっこつ》っぽいものとか、次々と骨を掘り出してく。まるで最初からそこにあるのを知ってたみたいに。

「人間の骨じゃないよね……」「やめろよー」「もっと小さいよ。犬じゃないかな」とか言ってると頭蓋骨らしきものが出てきて、僕たちは変な声をあげた。頭の天辺《てっぺん》と顎の間は狭く、顔面を占める大きな二つの眼《め》の穴にはチョココルネみたいに泥がつまってて、歯には大きな牙がある。また頭蓋骨が出てくる。さらに頭蓋骨が出てくる。

「こえーよー、まだまだ出てくる」「なんかガスマスクの化石みたいじゃない」「犬なら鼻面がもっと長いよね」「ブルドッグかもしれないじゃん」

丸山くんがまたひとつ頭蓋骨を掘り出す。

僕は不意にお祖母ちゃんと君の話を思い出し、「ひょっとして、絶滅したねこの骨なんじゃない？」と言った。

「ラングドシャってお菓子あるじゃない」と井口さんが言った。

「ええと……丸山くん家で出してくれる、卵色で縁がちょっと焦げたやつ？　あれおいしいよね」

「ねこの舌って意味らしいよ」

「えっ……」僕はびっくりしてのけぞる。「まさか、あのお菓子を作るために、ねこをこんなに殺したって言いたいんじゃ」

「そう考えると辻褄《つじつま》があうなって」

「いや、あわないよ」

「そういえば、龍がねこになる外国の神話？　図書室で読んだことがあるな？」と平田くんが言った。その顔は妙に血の気がない。

「つまり、この大量のねこの骨が、龍だったたってこと？　でも変だな。龍がねこなら、どうして駆除するんだろ」

「龍を永遠に……生かすためなのかも……なんだか気分が悪くなつてきた……しゃがんでたからかな」

木陰で休んできなよ、と井口さんが言って、平田くんはそうした。

僕はねこの頭蓋骨の中から一番綺麗なのをひとつ取って、こっそり肩がけ鞄《かばん》の底に押し込んだ。

丸山くんがまたひとつ、ヴェニスの白いコマを置くみたいに頭蓋骨を置いた。

結局、使える携帯はひとつも見つからないまま太陽が横の方にきて影が長く伸びはじめた。平田くんが、電池を換えれば動くかも、と携帯をひとつポケットに入れ、帰ろうか、と言った。

丸山くんを先頭に、僕たちは疥塚山を下りていく。平田くんはまだちょっと足がよろけるようで、僕や井口さんが肩を支えた。注連縄を越えだしたところで、急に丸山くんが右手を伸ばして皆を止めた。どうしたのかと思ってると、強弱を繰り返す妙な音が聞こえてきてやんだ。

「えっ、なに？」井口さんが珍しくうろたえた声を出す。

みんなが黙ってると、また聞こえだした。

「赤ちゃんの泣き声にそっくりだな」美の泣き声を思い出しながら僕は言い、「でもなんでこんなところで……」と怖くなる。

「赤ちゃんてこんな声なんだ？」

「もし赤ん坊が捨てられているなら大変だ。早く見つけなければ」と丸山くんが久しぶりに口を開いた。

「わ、わかった」「そうだね」「みんなで探そう」泣き声の聞こえる方向がいまひとつよくわからないまま、僕たちは探し回った。

あれ、「いまなにか通った！」急に井口さんが声をあげた。「すごく速い」

「あっ、そっちだ」木の向こうに見えないチューブを滑ってくみたいにするるるって動くのが見え、僕はとっさにポケットから残りの煮干しを投げていた。それは動きを止めた。平田くんがよろけながらも回り込んで倒れるように覆いかぶさった。

ぃあー、ぃあー、なー、なー、あー――

さっきと同じ赤ん坊の泣き声だ。平田くんが立ち上がって、こっちに向いた。ふさふさした、黒と白の縞々の生き物が抱かれていた。

これなんなんだろ。なんだこれ。かわいくね？　みんなが口々に言って、その生き物の三角の耳がぴくぴく動く。

とてもかわいくてしなやかなもの――

「いやさか！　お祖母ちゃんの言った通りだ。これが、ねこだよ」

「えっ、これが？」

僕は手を伸ばして、きょとんとしてるねこのせまい額や頬を指先で粘土細工するみたいになぞってみる。「間違いないよ。さっきの頭の骨と同じ手触りだもん」ねこが目をつぶって口を開き、小さな尖《とが》った歯を見せる。僕はお祖母ちゃんが残した（笑）というメモ書きを思い出した。あれはねこの顔を表す漢字だったのかも。笑はもともとねこだったのかも。「掘り返したせいで、蘇ったとか？」「まさか、祟り……？」「いや、単にここ人がこないから隠れてんでしょ」

急にねこが舌で僕の手のひらを舐《な》めて、ヤスリみたいにざらざらした感触にびっくりして手が跳ねた。

疥塚山を下りた僕たちは、長い藻の生えた水路の水で、汚れた手や靴を綺麗にして、バスに乗った。ねこは平田くんのリュックに収まってる。乗客のお年寄りたちの中に、挨拶をしてくれたのに見えない振りをしたお婆さんのひとりがいて、ちょっと気まずかった。

リュックの中のねこが静かすぎて、生きてないんじゃないかって不安になってると、なー、と鳴いて、お年寄りたちがどこから聞こえたのかとバスの中を見回した。なぜか目頭を押さえてるひとがいた。

バスを降りて駐輪場のたくさんの自転車の間を歩いていたら、丸山くんがくるりと平田くんの方を向いて、「ちょっと抱かせて欲しいのだが」と言った。

「いいよ？」と平田くんがリュックからねこを出し、丸山くんの胸元にわたした。

丸山くんはねこの背を慈《いつく》しむように撫でながら、「奴《やつ》らに気づかれたら奪われてしまう。わたしの家に隠しておこう」

「なに言ってんだ？　捕まえたのは俺だ？」平田くんが僕から俺になって怒鳴って、両手を伸ばした。「返せよ？」

「わたしが最初に鳴き声を聞き留めた」

「やっぱりまるっち変だよ」

「さあ、返せて？　俺が連れて帰るんだ！　母さんだてずうと飼いたがってたんだ？」

「それはできかねる。わたしの家は一軒家で広く納戸もある。密《ひそ》かに飼うことができる」

「丸山くん、平田くんはもうここを離れるんだよ。引っ越し記念として返してやりなよ」と僕が言う。

「そう。彼はここを離れる。あんなところで飼うのはなおさら不可能だ。無駄になる」

「あんなところって？」と井口さんが声を上げる。

「家が大きいからていい気になるなよな？」平田くんが叫び、二人がいまにも殴り合いそうに身構えたので、井口さんが平田くんを、僕が丸山くんを押さえようとしたけど、平田くんは丸山くんの顔面にしゅっと拳を突き出していた。

顔を殴ったのかと思って動転したけど、平田くんの手には入れ歯がつかまれてて、丸山くんの上唇がお年寄りっぽくへこんでた。

「平田くん……それはだめだよ」

棒然《ぼうぜん》とする丸山くんの腕が下がり、ねこが地面にふわっと降りた。丸山くんは唇をぐっと閉じて宇宙耳を握り締め、肩を小刻みに揺らしている。

永久歯が生えない子はけっこういて、さとられないよう入れ歯をはめているけど、歯が綺麗すぎたり、ぐらっとすることがあったりして、丸山くんが入れ歯なのは周知の事実だった。

平田くんは自分のやってしまったことに驚いて、入れ歯を差し出しながらすぐに謝ろうとしたけど、丸山くんは「そえ、ぼくのあない」と言ってすごい勢いで駆けだした。途中ギンナンに滑ってこけかけて、また走りだして去っていった。「おまる……」新しいあだ名で井口さんが呟いた。

入れ歯を眺めてる平田くんに、僕は声をかけた。

「それ、僕が丸山くんに返しとくよ。平田くん、連休の間に引っ越すんでしょう？」

平田くんはなにか言おうと口を開けたけど、黙って僕に渡して、さっとしゃがんでねこを抱え上げた。僕が濡れた入れ歯をズボンのポケットに入れて、ポケットの縁でちょっと指を拭ったとき、「それを渡しなさい」と大人のひとの太い声が響いた。黄色い作業服を着た三人だった。

僕はすぐに入れ歯をポケットから出して差し出したけど、三人は見向きもせずに、「早く渡すんだ」って平田くんに詰め寄った。そうだった、この人たちは害獣駆除班だ。

平田くんは僕たちをちらっと見ると、さっきの丸山くんみたいにダッシュした。でも向かっているのはギンナンの方じゃなく工事中のビルだ。

「ちょっと君！　待ちなさい！」

すごい勢いで工事現場に入っていって、カンカン音をたてて隙間だらけの階段を上がってく。それを黄色い大人たちが追いかけてく。僕と井口さんは棒然と眺めることしかできない。なんでこんなことになってるのか意味がわからなかったし、すごく怖かった。

平田くんも、黄色い大人たちも、シートに覆われた工事現場に入って見えなくなったけど、激しい足音だけが聞こえてくる。途中、ガシャガシャーって何かが倒れる音がして、「やめなさい、危ないだろう」という声が聞こえる。しばらく足音だけになってそれが遠ざかっていったけどまた大きくなってきて、「こら、君、そんな高いところ、危ないだろう！　やめなさい」と大声が響いた。と思うと、突然鉄骨が剝き出しのところに平田くんの姿が現れた。水平にわたされた一本の鉄骨の上を全速力でわたってる。

「平田くん、危ないって！」「やめてよー、らたなぽん！」

平田くんが「高さなんてないんだ」って叫んで、ぬぁーってねこが場違いに穏やかな声で鳴いた。

「らたなぽーっん！」「平田くんっ！」

僕たちが叫んでると、平田くんが片足を踏み出したままの格好で、鉄骨から落ちていくのが見えたような気がした。

鉄骨の上に平田くんの姿はない――

僕は体じゅうの血が消えてしまったのを感じた。井口さんが真っ白な顔で僕の二の腕をつかむ。僕たちは工事現場の中に入っていった。平田くんは盛り土の上に仰向けに倒れてて、片足が膝からおかしな方向に曲がってた。目を大きく開いて、浅く、速く、息をしてる。ねこの姿はなかった。

「あれはどこに行ったんだ」「探すんだ。まずいことになるぞ」とか言いながら黄色い大人たちがやってきて、怖い顔で僕たちに工事現場から出ていくように言った。僕たちはそうしたけど、隙間だらけだから様子をうかがえる。ひとりが平田くんのそばで透明な袋に包まれた携帯を取り出して聞こえづらそうになにかを話し、他の二人は煮干しを撒きながら建材の隙間を次々と覗いている。「なんですこれは」ひとりが地面からなにかを拾い上げてもうひとりに見せる。見覚えがある。平田くんがポケットに入れてた携帯かもしれない。「どうしてこんなところに……昔、龍が人類の身代わりになって倒れたとき、その体から猫気《びょうき》が放たれて――」強い忌み言葉に僕はどきりとする。「それを封じるために先輩たちが使った道具だ」

なぜだか手のひらが痒《かゆ》くて、掻きながら家に帰ると、今日は母さんがいた。平田くんのことを耳にしているんじゃないかって緊張したけど、なんにも訊いてこなかった。「これ食べる?」と母さんはテーブルの上の円い缶を開ける。縁がうっすら焼けた、丸いラングドシャがたくさん並んでる。ちょっと怖くなったけど、僕は痒い手を伸ばして、四枚つかんだ。

自分の部屋に入ると、山で拾ってきたねこの頭蓋骨を机の上に置いた。いま気づいたけど、下顎の骨がない。眼の穴にたまった泥が乾いて、ぽろっと落ちる。ポケットに丸山くんの入れ歯が入っているのを思い出して、顎のあたりに合わせて置いた。ねこが、なんだか嫌そうに下顎を突き出しているみたいに見えた。僕は、前にケーキから出てきた一本の毛をねこの額の上にのせ、頭蓋骨と入れ歯の間に、ラングドシャを一枚そっとそえた。そしてあとの三枚を大切に食べながら、なーぁぁぁ、と鳴いてみた。

まるっきり平田くんのことが心配だった。あんな風な向きに脚が曲がるってどれだけ痛いんだろうと思うと、ヴェニスのコマが一斉にひっくり返されるみたいに背中に鳥肌が立った。平田くんの家に電話をしたけど、誰も出なかった。井口さんの番号は知らない。手のひらの皺《しわ》のところを掻きすぎて血が滲んできた。君にいろいろ相談したかったけど、現れてくれなかった。あの黄色いひとたちが家にもやってきて、ねこの頭蓋骨を奪いにくるんじゃないかってずっとびくびくしてよく眠れなくなったけど、やってこなかった。やってこないことで苦しめようという魂胆《こんたん》なのかもしれなかった。

連休が明けて、夜明け前に家を出ると、首を傾げて丸山くんが走ってきた。幾つも替えがあるらしく、入れ歯は戻っていた。僕が入れ歯を渡そうとすると、なにそれ、気味が悪いよ、と丸山くんはつっかんどに言って受け取ろうとしなかった。高村家の門にはまだ黄色いテープが張られてる。

朝礼の国旗掲揚では、平田くんがいないぶん列が前になって、左右の隣がいつもと違うひとなので、すこしずれた世界に入ったみたいな気がした。

終わったあと、階段を下りながら井口さんが近づいてきて、「足関節骨折。他は大丈夫みたい」って言った。「施靈院に入院してるんだけど、霊的な理由で面会謝絶なんだ。でも数カ月でよくなるから心配はいらないって」そう言ってから、「心配はいらないってなんだよ」と井口さんは怒った。

帰りに平田くんのアパートを見たら、もう空き部屋だった。土曜日にクラスのみんなで施靈院にお見舞いに行ったけど、管轄が変わったとかで転院したあとだった。加賀山先生には、筆跡がすこしずつ良くなっていると褒められた。

僕は体の調子が悪くなった。手のひらもまだ痒くて、手の皺に蟻の行列みたいなかさぶたができて、ぼろぼろ剝がれ落ちた。母さんにはばれないように元気な振りをしていたけど、「あんた目が二重《ふたえ》になってない？　顔をちゃんと見せなさい」って両手で顔を挟まれて正面に向かされた。母さんは口紅がすこし剝げてた。「やっぱり二重」調子が悪いと僕はそうなるらしい。「それに、すごい熱」

熱なんてぜったいない、って言ったのに母さんは僕の腋《わき》に体温計を突っ込んだ。十分くらいすると抜いて、「あれ、三十八度。平熱だ……」

「だからそう言ったじゃないか」

でも母さんは作りはじめてしまった。愈水をかき回す音が聞こえはじめてしまった。すべてを薄めはじめてしまった。僕は体調が戻らなくて何日も学校を休むことになった。母さんは寝る時間が少なくなる。

寝てるとまた君は来てくれるようになったね。こうやってずっと僕の話を聞いてるの退屈じゃない？

えっ？　うん。まさか平田くんから手紙が届くなんて、びっくりだよ。僕はベッドに横になったまま、また便箋を広げる。まだギプスと杖《つえ》は必要だけど、あちこち歩き回れるくらいに元気らしくてほっとした。

——遠くから、かろかろとマドラーをかき回すかすかな音が聞こえつづけてる。

僕は自分はなんてばかなんだろうって驚く。手紙に書かれてた平田くんの新しい住所が、父さんの造り続けてる建物と一緒だってことに気づいたからだ。でも、平田くんが言うには、とてもとても大きな建物で、施靈院やミカエルはないけど、学校はあって、筆跡はうるさく言われないし、いろんな田舎から来た子がいて楽しくて、まるきり快適だっていうからほんとうに良かった。

――かろかろいう音は終わらない。

もしかしたら、その建物がさしわたし収容してるのは、僕たちのいる世界の方なんじゃないかって気がしてくる。だからいつまで経っても完成しないんじゃないかって。

また痒くなってきて手のひらを掻いていると、クカカカカ、クカケケケカッって鳴き声が僕の喉から鳴りだした。

解説――「へぐるノスレ」

久坂部羊

ご存じない方も多いと思うので、少し自己紹介をさせていただく。私は久坂部羊というペンネームで、医療小説を書いており、作品では医療の矛盾や現実、患者と医者のドラマなどを描いている。医療をテーマにしているのは、私が一応医者で、病院やクリニックでの勤務が長かったからで、作品は一般にはまじめでふつうのエンターテインメントとみなされている。

私は西島伝法初心者なので、〝解説〟などおこがましくてとても書けず、書けるとしたら〝感想文〟程度なので、西島伝法氏のベテラン読者からすると、見当ちがいも甚だしいということになるかもしれないが、ご容赦願いたい。

そもそもこの解説を頼まれたとき、SF小説だというので、そのつもりで引き受けるとまるでちがった。読みはじめた最初の印象は、純文学じゃないかこれは、だった（その証拠に「三十八度通り」は純文系の「群像」に掲載されている）。唐突な書き出し、わかりにくい設定、シュールな展開。純文学ならばそういう手法で、現実を鋭いメタファーで切り取っているにちがいない。そう思って読みはじめたが、なかなか奥に秘められたものが見えてこない。いったい何を描いているのかと、必死に考えながらページをめくるが、あまりの飛躍と難解さに、作者はまじめに書いているのかとさえ思えてくる（もちろん真剣にはちがいない）。疑問符だらけになりながら読み進めると、次第に脳が熱くなり、体温が三十八度くらいになったが、本質が見えないのは私の読み方がまちがっているからではないかと、そこはかとない不安に駆られた。

それでも、私なりに感じたヒントはあった。

エレベーターが故障して、修理先に電話をすると、「そんな呪文みたいな数字ばっかり言われたって困ります、誰もが会計士じゃないんですから！」と、わけのわからないことを言われたりするのは、カフカ的ではないか。

駐輪場に置いた自転車が撤去され、タクシーで保管場所に行くと、そこは龍の鱗《うろこ》があちこちにある砂浜で、自転車は濡《ぬ》れた砂でドロドロになっているというのは、つげ義春《よしはる》の「ねじ式」へのオマージュではないか。

「病気」のやまいだれを取って「丙気」と言えば「平気」になるとか、「後は野となれ大和《やまと》なれ」とかの饒舌《じょうぜつ》な言葉遊びは、町田康《まちだこう》ではないのか。

あるいは、脳波を読み取られて頭の中をのぞかれるとか、裏返しのポケットで脳波を綿菓子みたいに集めて思考盗聴されるとかは、統合失調症の世界を描写しているのか。そんなことをまじめに考えながら読み終えたが、どうも作者の意図をつかみ取ったという実感は持てなかった。

困り果ててネットであれこれ検索すると、西島伝法氏のインタビュー記事が見つかった（WEB本の雑誌「作家の読書道　第226回」）。それによると、「三十八度通り」に唐突に出てくるサハラ砂漠の単独横断を試みる青年が死んでしまう話は、西島氏が三、四歳のころ、小説と同じく母親に寝物語として聞かせてもらった経験に基づくらしい。

さらには同作の主人公が結婚式場に勤めていて、いきなりミラーボールがまわっていたりするのも、西島氏が結婚式場でアルバイトをしていたときの実話だとか、川原の枯れ草をトンネル状に掘って秘密基地を作ったとか、天井から紐《ひも》で吊《つ》った手で鉛筆を持っていると自動筆記ができるとか、作中に登場するさまざまなエピソードが作者の実体験だと知り、目の前の霧が晴れたような気がした。つまり『るん（笑）』はしかつめらしい顔で脈絡を考えつつ読まなければならない純文学などではなく、難解さはさておき、その場の表現の面白さを楽しめばいいSF小説なのだと理解したのだった（その証拠に「千羽びらき」と「猫の舌と宇宙耳」はエンタメ系の「小説すばる」に掲載されている）。

だから、二回目に読むときは、スラスラと楽しみながら読めた。たとえば、「千羽びらき」では犬と猫が比較され、「警察犬はあっても、警察猫などありえない」と書かれるると、そういえば、そば饅頭《まんじゆう》はあってもうどん饅頭はないなとか、狸《たぬき》寝入りはあるが狐《きつね》寝入りはないとか、タコ足配線はあってもイカ足配線はないとか、しばし脳が横道を楽しむ。ほかにも「帰ったら腸を洗わないと」とか、無痛分娩《ぶんべん》で生まれたから「ひとの心の痛みがわからない」とか、携帯電話は電子レンジと同じだから、「へたすると電磁波で頭煮えるんじゃ？」とか、漢字の書き詰めをするとき、鉛筆でカーボン紙のようなものを作って、折った紙に挟めば、半分書くだけで字がうつるから楽だよと言われると、「その方が面倒じゃないか」と思ったり、軽妙な笑いを誘う場面も少なくない。

作者が作品に込めた思いは別のところにあり、ベテラン読者からするとまったくわかってないということになるかもしれないが、西島伝法作品の〝入門編〟としてはこのような読み方もアリだと思う。

さて、そんな初歩的な読み方しかできない私に、なぜ編集者は解説を依頼してきたのか。

依頼文にはこうあった。

『本作のモチーフとしては、作中の「蟠り《わだかま》」と称される病、いわゆる癌《がん》を言い換えた「るん（笑）」という呼称が印象的でありますし、単行本時に、当初は「誤解されて怒られるんじゃないか」という不安もあったそうですが、案外お医者さんから支持された、という話もあり、医療関係者の方にこれを読んで解説をいただくのはどうだろう、という案が出ました』

案外お医者さんから支持されたって、いったいどんな医者が本作を読んだんだとあきれたが、よくよく考えればさもありなんである。なぜなら、ここに描かれている情景は、一般の人が医療を盲信する姿にそっくりだからだ。

作中では、「癌」という言葉は古い忌み言葉で、医師会が世論の高まりを受けて、「蟠り」と名称を変え（だから薬は抗蟠剤《こうばんざい》・笑）、さらには「次元上昇《アセンション》」した地域にいる施靈コーディネーターが、「るん（笑）」と呼ぶことを患者に勧める。たしかに「癌」という文字はおどろおどろしく、見ただけでイヤな気分になる人も多いだろう。「るん（笑）」と言い換えれば、どす黒さも薄まる。こういう言い換えは、「老人ボケ」が「老人性痴呆《ちほう》」になり、さらに「認知症」（今はなじんでいるが、当初は意味不明だった）に変えられたり、「精神分裂病」が「統合失調症」に、「売春」が「援助交際」に、「浮浪者」が「路上生活者」に、「殺人」が「ポア」（オウム真理教）になったりする日本人の〝言い換え好き〟に通底する。

施靈コーディネーターによると、「るん（笑）」は業念《カルマ》が絡み合ってできた内なる獣のようなもので、ただ取り除けばいいというものではないこと。最終的な目標は業念《カルマ》の結び目をほどくことだが、るん（笑）ができるほど複雑に絡み合ってしまうとそう容易《たやす》くはないので、長い時間をかけて段階的に施靈を行っていく必要がある」とされるが、これなど新興宗教の勧誘に使われる文言を彷彿《ほうふつ》とさせる。

さらに、末期の「蟠り」に侵されている患者は、岩盤浴寝具一式で治療を受けるが、その治療具は「蟠った細胞は三十九・三度以上では生きられない」とか、「とりわけこの寝具には、砕いた天然ラジウム鉱石が大量に鏤《ちりば》められていてな、アルファ線だとかオメガ線だとかで体を多次元的に貫いて、ピンポイントに遺伝子修復をしてくれる」など、いかにも怪しげながんの代替療法の説明にありそうで、思わず笑える。

現在、病院で行われている治療は、すべて信じるに足ると思っている人が多いだろうが、実はそうでないものも少なくない。たとえば、高血圧には原因のわかっている二次性高血圧と、原因がわからない本態性高血圧の二種があるが、九割は後者なので、さまざまな作用機序（薬が効果を発揮するメカニズム）の降圧剤のどれを使えばいいかわからないため、医者は当てずっぽうで処方しているとか、点滴は血液を水で薄めるのも同然なので、脱水症以外には有害だとか、外科手術は作法通りに行われる患者の大怪我《おおけが》だとか、ステロイドは万能薬だけれど怖い副作用も数知れないとか、浴びると発がんの危険性のある放射線でがんを治療しているとか、見方を変えればおかしなこと、危ないことは枚挙にいとまがない。

さらにはものものしい器機で行われるMRIとかPETの検査、シンチグラムやサイバーナイフ、重粒子線治療などは、一般の患者さんはおろか、専門家以外は医者でもその原理、仕組みを理解せず、わけもわからないまま信用している。構図的には除霊や風水、梵字《ぼんじ》の書かれた塩袋（「千羽びらき」）を信用するのと何らかわらない。

いや、医学は科学だから信用できると言う人は、医学の進歩で否定された数々の治療を思い出してみるといい。たとえば、モーツァルトの命を奪った瀉血《しゃけつ》という治療も、今から思うと野蛮そのものだけれど、当時はガレノスの四体液説という立派な医学に基づいて行われていた。結核の治療でも、かつては日光浴や転地療養、人工気胸や肺虚脱療法（肋骨《ろっこつ》を切除して結核病巣を押しつぶす）などが、〝医学的根拠〟に基づいて行われていたが、今は見向きもされない。そもそも結核という病気は、結核菌の感染が根本原因なのだから、結核菌が発見される以前の治療は、すべて的外れということになる。

現在、行われているがんの治療も、認知症もうつ病も、パーキンソン病やその他もろもろの難病の治療も、すべて今は結核菌発見以前の結核療法の段階なので、二十五世紀とか三十世紀から見ると、何と野蛮なと、憐《あわ》れまれるのはほぼまちがいない。

しかし、二十一世紀に生きる我々は、今の医療にすがる以外なく、それで救われる患者さんはいいけれど、救われない人々は除霊や天眼石に頼ってもいいのではないかと思えてくる。

本作にはスピリチュアルや疑似科学信仰など、知識に対する忌避感みたいなものへの批判が通底音のように流れており、それは医療にかぎらず、陰に陽に現代社会に歪《ゆが》みをもたらしている大きな要因であるのかもしれない。

西島氏は先のインタビューの中で、こう語っている。

『知り合いが医学的根拠のない健康法のことを常識のように話していたり、身内が病気になって気づかされた疑似医療の蔓延《まんえん》などから、自分が思っているよりも世界はそうなっているんじゃないかと危惧するようになって。それと同時に、医療では助からないと知らされる絶望や、すがりたい気持ちにも直面することになり、批判だけではなく、そちら側の視点から描くことでなにか分かることがあるかもしれないと』

つまり、『るん（笑）』は難解なSF小説（というか不条理小説）でもあると同時に、立派な医療小説でもあったのだ。私の書く医療小説とはまるで方向性は異なるが、それでも大いに楽しめた。

ということで、本解説のサブタイトルは、ひらがなとカタカナ、濁点を逆にして、私が楽しんだ理由を少し不条理SFっぽくして、私の戸惑いを読者にも味わってもらうことにした。

（くさかべ・よう　作家）

集英社文庫

るん（笑《かっこわらい》）

2023年9月25日　第1刷　　定価はカバーに表示してあります。

著　者　西島伝法《とりしまでんぽう》
発行者　樋口尚也
発行所　株式会社　集英社
東京都千代田区一ツ橋2-5-10　〒101-8050
電話　【編集部】03-3230-6095
【読者係】03-3230-6080
【販売部】03-3230-6393（書店専用）
印　刷　凸版印刷株式会社
製　本　凸版印刷株式会社

フォーマットデザイン　アリヤマデザインストア　　マークデザイン　居山浩二

ISBN978-4-08-744571-8 C0193